기억술사

므네모스의 책장

기억술사

⤜ 므네모스의 책장 ⤛

임 다 미

장 편 소 설

팩토리나인

차례

그녀의 도서관

선오는 커다란 도서관 안을 걷고 있었다. 이번에 선오가 들어온 '그녀'의 도서관은 유난히 커 보였다. 꼼꼼한 그녀의 성격을 반영하듯 커다란 도서관 책장에는 책들이 가지런히 꽂혀 있었다.

뚜벅뚜벅.

선오의 발소리가 메아리처럼 울렸다. 선오는 그녀의 기억으로 만들어진 공간을 천천히 걸어갔다. 특이할 것이 없는 평범한 도서관이었다. 굳이 다른 점을 꼽자면 남들과 비교하여 조금은 무채색 표지의 책들이 많다는 것 정도. 선오는 무엇인가를 찾기 위해 두리번거리며 계속 책장들 사이로 나아갔다. 도서관 안쪽으로 들어갈수록 그녀의 천진한 어린 시절의 기억을 반영하듯 책 표지들이 알록달록해졌다.

선오는 걸음을 멈추었다. 안쪽에 '무엇'이 보였다. '무엇'은 성인 남성보다 더 거대한 몸집을 가지고 있었다. 입은 커다랗고 길쭉해서 하마의 주둥이를 연상시켰고 꼬리인지 뭔지 모를 것이 엉덩이에 삐죽 나와 있었다. '무엇'은 바닥에 주저앉아 주변에 쌓아둔 책을 위에서부터 차례대로 천천히 씹어 먹고 있었다. 선오는 '무엇'을 응시했다. '무엇'이 뒤를 돌아봤다. 선오는 끔찍한 '무엇'의 모습을 보고 소리를 지를 수밖에 없었다.

✦˚

160센티미터 키에 어깨까지 오는 단발머리를 한 희주는 조용히 있는 것을 좋아하고 자신의 이야기를 남들에게 잘 하지 않는 평범한 회사원이다. 희주가 다니는 회사는 다이어리, 펜, 노트 등 각종 문구류를 판매하는 대기업인데, 때로는 타 기업의 주문을 받아 해당 기업의 굿즈를 만들어 주는 일을 하기도 했다.

희주는 유명 웹툰이나 대중성 있는 캐릭터 등을 이용한 마케팅을 기획하고 있었다. 희주는 가끔 상사가 짜증을 내는 것이 힘들기는 하지만, 그럭저럭 만족하며 회사를 다니고 있었다. 대한민국 직장인 평균 이상의 연봉을 받았고 남들만큼의 복지도 보장받았기 때문이다. 그러나 때때로 갑자기 회사를 그만두고 싶다거나 전혀 다른 일을 해보고 싶다는 생각이 들곤 했는데 왜 그런 기분이 드는지 본인도 잘 이해할 수 없었다.

희주는 여태까지 살면서 마주쳤던 사람들보다 더 많은 수의 사람들과 경쟁하여 이 회사에 입사했다는 것이 가끔 믿기지 않았다. 그런데도 희주는 누군가가 다니고 싶어 하는 직장에 취직했다는 뿌듯함보다는 권태로움을 더 많이 느끼는 중이었다. 출근하고서는 점심시간만을 기다렸고, 점심을 먹고 나서는 퇴근시간만을 기다렸다.

퇴근하고 집에 와서는 혼자 자취방에서 주로 배달 음식을 먹으며 TV를 보거나 유튜브, 넷플릭스 등을 시청했다. 대체로 아무 생각을 안 해도 되는 일들이었다. 그러다 보면 어느새 눈꺼풀이 무거워져 왔다. 그리고 눈을 뜨면 다시 아침이었다.

희주가 이상한 증세를 처음으로 느낀 것은 한 달 전 퇴근길에서였다. 그날 희주는 피곤한 얼굴로 발 디딜 틈이 없는 지하철에서 겨우 빠져나와 출구로 나가는 중이었다. 그리고 '누군가'가 매우 반가워하며 희주에게 말을 걸었다. 본인이 희주와 초등학교 때 같은 반이었던 친구라고 했다.

희주는 '누군가'가 사람을 잘못 본 것이라고 생각했다. '누군가'가 희주가 다니던 초등학교 이름을 대며 자신을 소개하자 그제야 '내가 정말 아는 사람인가?' 하는 의문이 들기 시작했다.

'누군가'는 지금 유튜브 채널을 운영하고 있었고 100만 명이 넘는 구독자가 있다고 자랑했다. 그동안에도 희주는 그녀가 누구인지 잘 기억이 나지 않았다. 그 존재가 희주의 기억 속에 없는 것 같았다. 희주는 그때까지만 해도 너무 오래된 일이라 자신이 잘 기억을 하지 못하는구나 싶었다. 그렇게 희주는 '누군가'와 언제 한번 보자는 무의미한 인사를 나누고는 집으로 돌아갔다.

이상한 증세는 그 뒤에도 나타났다. '누군가'를 만나고 며칠 후 토요일, 오랜만에 화창한 날씨에 바람도 솔솔 불자, 희주는 가족들과 한강에 바람을 쐬러 나왔다. 희주는 취직한 이후 회사 근처에서 자취를 하고 있었고 주말에도 쉬고 싶다는 이유로 본가에 잘 내려가지 않았다. 그래서 할 일도 없는데 오랜만에 가족들 얼굴이나 봐야겠다는 생각이 들어 함께 나온 것이었다.

엄마, 아빠 그리고 희주와 남동생은 돗자리를 펴고 잔디밭에 옹기종기 모여 앉았다.

"너희 초등학교 때 이모네 가족들이랑 스키장 갔던 거 기억나니?"

엄마가 물었다. 엄마는 요새 부쩍 예전 이야기를 많이 했다.

"아, 거기 커다란 달마티안을 키우던 산장이었죠? 이름이 '달봉이'었어요. 아직도 기억나요."

남동생이 도시락으로 싸 온 딸기를 하나 먹으며 대답했다. 엄마는 추억에 잠긴 듯 먼 곳을 응시하며 말했다.

"응, 그래, 거기. 그때 희주가 벌에 쏘였었잖아. 엄청 울었던 게 아직도 생각난다. 그때 아빠가 희주를 업고 이리저리 뛰어다니느라 고생했지."

"맞아, 누나가 앞으로 자기는 꽃밭 근처에도 안 간다고 했어."

남동생은 괜스레 돗자리 옆에 있는 토끼풀을 몇 개 뜯어 희주에게 건넸다. 희주가 남동생이 건네준 토끼풀을 무심하게 받아 들며 말했다.

"내가 언제 그랬어?"

"기억 안 나? 그때 누나가 엄청 울길래 내가 울보라고 놀렸었잖아. 한동안 삐쳐서 나한테 말도 안 걸었으면서."

아빠가 누가 먹다 남긴 빵 조각을 집어 들며 말했다.

"희훈이 너도 다음 날 똑같이 벌에 쏘여서 울며불며 네 누나보다도 더 난리 쳤잖니."

가족들이 한참 추억에 빠져 웃고 있을 때 희주는 마치 지어낸 이야기를 듣는 것 같은 기분이 들어 같이 웃을 수가 없었다. 잘 기억이 나지 않는다고 대답하자 엄마는 "나이도 어린데 벌써부터 기억이 안 나면 어떡하니?" 하며 대수롭지 않게 넘겼다.

✦˙

희주가 정말로 무엇인가 잘못되고 있다는 것을 깨달은 것은 다시 일주일이 지난 후 일기장을 정리했을 때였다. 회사에서 이월 상품 중 여분의 다이어리들을 나눠주자, 희주는 이참에 일기장들을 모아 한곳에 정리해 두어야겠다는 생각이 들었다. 그래서 희주는 주말에 본가에 내려가 일기장들을 정리했다.

희주가 일기를 꾸준히 썼었던 때는 담임 선생님이 매일 일기 쓰는 것을 숙제로 내주었던 초등학교와 중학교 때였다. 지금 생각하면 오싹한 일이지만, 그때는 항상 선생님이 일기 검사를 했었다. 희주는 마치 그 당시 선생님이 된 기분으로 손에 잡히는 대로 초등학교 6학년 때 일기장을 읽어보기 시작했다.

일기장을 읽으며 희주는 이상한 기분이 들었다. 마치 자기가 쓴 글이 아닌 것 같은 느낌이 들었기 때문이었다. 일기장 표지를 다시 살펴본 희주는 삐뚤삐뚤한 글씨로 "6학년 2반 한희주"라고 쓰여 있는 것을 확인했다. 다시 일기장을 찬찬히 살펴보던 희주는 초등학교 6학년 졸업식 날부터 그 당시 상황이 세세하게 기억난다는 것을 깨달았다.

이때까지만 해도 희주는 그 당시에 처음으로 무엇인가를 끝냈다는 기분이 들었었기 때문에 자신이 졸업식을 유난히 세세하게 기억하고 있다고 생각했다. 그날 기분이 매우 이상했던 것이 떠올랐다. 홀가분하면서도, 걱정이 되면서도, 아쉬우면서도 기쁜 느낌이었다. 희주는 졸업식 날 부모님이 사주신 졸업 기념 케이크를 학교에 가지고 갔고 친구들과 요란하게 나누어 먹었다. 그렇게라도 해야 왠지 졸업한다는 것에 대해 아쉽고 서운한 기분이 잊힐 것 같았기 때문이었다. 그리고 희주는 그 오묘한 기분이 마치 좋아하던 TV 프로그램의 마지막 화를 볼 때의 느낌과 비슷하다고 생각했었던 것을 떠올렸다.

희주는 초등학교 졸업식 이후부터는 일기장에 기록된 것 말고도 세세한 일들이 모두 기억이 났으나, 졸업식 이전 일들은 마치 다른 사람이 글을 써둔 것처럼 생소하게 느껴졌다. 희주는 어쩌면 지금은 잘 기억이 나지 않는 심한 트라우마를 겪어 기억이 사라진 건 아닐까 하는 어처구니없는 생각을 하며 피식 웃었다. 별일이 아니라고 생각하고 그냥 대수롭지 않게 넘겨버렸다.

다음 날 희주는 자취방으로 돌아와 집에서 가져온 일기장들을 정리했다. 희주는 전날 느낀 이상한 기분을 떠올리며 초등학교 6학년 때 일기장을 다시 들추어 보았다. 그런데 초등학교 졸업식 날의 기록들이 마치 소설같이 느껴졌다. 분명 부모님 집에서 읽어봤을 때는 그날의 일들이 다 기억이 났었는데, 지금은 마치 엊그제 부모님 집에서 처음 읽어봤던 소설을 다시 읽는 듯한 느낌이 들었다. 졸업식에서 구체적으로 어떤 느낌을 받았었는지 더 이상 자세히 기억나지 않았기 때문이었다.

게다가 부모님 집에서 일기를 보고 자취방에 온 지 하루밖에 되지 않았다. 조금 무서워진 희주는 이 사실을 자신의 일기장에 기록하며 마음을 달랬다.

선오는 자신이 남들과 다른 능력을 가지고 있다는 사실을 성인이 되어서야 깨달았다. 큰 키에 호리호리한 체형인 선오는 부드러우면서도 시원시원한 성격 탓에 남녀 모두에게 인기가 많았다. 그래서 선오가 대학교에 입학하여 처음으로 여자 친구를 사귀게 되었다고 했을 때 대부분의 사람들이 그 말을 믿지 않았다.

선오는 경영학과 학생이었지만, 재무 학회나 마케팅 동아리에 가입하는 대신 연극 동아리에 들어갔다. 다양한 사람들을 연기해 보며 다른 사람들은 어떤 생각을 하며 사는지 이해해 보고 싶었기 때문이었다.

선오의 여자 친구는 연극 동아리 선배였다. 그녀는 항상 밝게 웃었고, 그늘이 없어 보였다. 그녀를 아는 대부분의 사람들이 그녀를 좋아했다. 선오 역시 예쁘장한 얼굴에 항상 긴 생머리를 포니테일로 묶고 다니는 그녀를 자신의 이상형이라고 생각했다. 둘은 연극 활동을 하며 자연스레 가까워졌고, 선오가 연극을 하던 중 노래하는 그녀의 모습을 쳐다보다가 자신도 모르게 그녀의 손을 잡아버린 것을 계기로 공식적인 동아리 커플이 되었다.

그날은 구름 한 점 없는 날이었다. 선선한 바람에는 축축한

가을 냄새가 배어 있었다. 선오는 여자 친구와 같이 학교 산책로를 걷는 중이었다. 둘은 비어 있는 벤치를 발견했고, 그곳에 앉아 한참 수다를 떨었다. 여자 친구가 선오의 무릎에 살포시 머리를 대고 누웠다. 그렇게 둘은 한동안 아무 말 없이 평화로움을 즐겼다. 선오는 평온한 기분을 만끽하며 눈을 감고 아무 생각 없이 여자 친구의 머리에 살며시 손을 얹었다.

순간 선오는 자신이 꿈을 꾸고 있다고 생각했다. 눈을 떠보니 처음 보는 도서관에 와 있었던 것이다. 밝고 깨끗한 도서관이었다. 선오는 그 도서관을 찬찬히 걸어가 보았다. 양옆에 세워져 있는 거대한 책장에는 수많은 책들이 꽂혀 있었다. 두꺼운 책도 있었고, 얇은 책도 있었다. 책들은 알록달록하고 예뻤으며 표지의 디자인도 다양했다.

한참을 걸어가던 선오는 책을 하나 꺼내 읽어보았다. 그리고 그것이 그냥 책이 아니라 여자 친구의 일기장이라는 것을 깨달았다. 책 속에는 여자 친구가 어느 날에 무엇을 했는지, 무엇을 먹었는지, 친구와 무슨 이야기를 했는지 등이 빠짐없이 적혀 있었다.

선오는 책을 다시 꽂아놓고 도서관을 쭉 지나가다가 또 아무 책이나 하나 펼쳐서 읽어보았다. 그 책은 여자 친구의 고등학교 때 일기장이었다. 선오는 그날 여자 친구의 학교 점심 메뉴로 돈가스가 나왔다는 것을 알게 되었고, 야자를 할 때 짓궂은 남학생들이 그녀의 반에 찾아와 문을 쾅 차고 도망친 사건이 있었다는 것도 알게 되었다. 선오는 이 '꿈'을 매우 재미있어했다.

선오는 다시 왔던 길로 돌아가 자신에 관한 이야기가 적혀 있을 최근 일기장을 찾아 헤맸다. 책들을 살펴보던 중 드디어 자신의 이름이 등장하는 책을 찾자 자기도 모르게 마음이 쿵쾅거렸다. 여자 친구가 본인을 어떻게 생각하고 있는지 너무 궁금했기 때문이었다. 그녀의 속마음을 알고 싶었다. 선오는 그렇게 여자 친구의 일기장을 한참 읽어나갔다.

선오는 여자 친구가 그를 만나 얼마나 설렜는지를 알게 되었다. 그녀는 동아리 방에 갔을 때 선오가 없으면 아쉬워했고, 선오가 예상치 못한 순간에 연락하면 기뻐했다. 또, 선오와 사귀게 된 후로는 맛집을 갈 때마다 '그와 같이 왔으면 좋았을 텐데.' 하는 생각을 했고, 심지어 친구들과 놀 때도 선오를 보고 싶어 했다.

행복한 미소를 지으며 책을 읽어나가던 선오는 가장 마지막 책을 읽던 중 책을 떨어뜨리며 자리에 주저앉고 말았다. 다리가 후들거려 일어날 수가 없었다. 그 책에는 여자 친구가 다른 학교 남학생에게 또 다른 설렘을 느끼며 데이트를 한 일들이 적혀 있었다.

얼마나 지났을까. 멍하니 있는 선오를 누군가 흔들었다. 선오가 눈을 떴다. 여자 친구가 그를 다급히 부르고 있었다. 정신을 차리고 보니 어느새 몸을 일으키고 앉아 있는 여자 친구가 보였다. 그녀는 걱정스러운 얼굴로 선오를 쳐다보고 있었다.

"여기서 자면 어떡해. 일어나."

애교 섞인 목소리로 여자 친구가 깨우는 소리를 듣고서야 선오는 안심이 되었다. 선오는 자신이 '꿈'을 꾼 것이라고 생각하고 내심 안도했다. 선오는 여자 친구를 꽉 껴안았다.

"뭐야, 갑자기 왜 그래."

여자 친구는 웃으며 그를 살짝 밀쳤다. 그렇지만 선오는 그녀를 더 꼭 껴안았다.

"그새 나쁜 꿈이라도 꾼 거야?"

여자 친구가 선오를 안은 채 그의 머리를 쓰다듬으며 말했다.

"응, 무서운 꿈이었어."

"무슨 꿈이었는데?"

선오는 여자 친구를 마주 보고 눈을 바라보았다. 여자 친구는 '무슨 일이야?' 하는 귀여운 얼굴로 그를 쳐다보고 있었다.

"이상한 꿈이었어. 자기가 나 몰래 다른 남자랑 데이트를 하는 꿈이었어. 그 남자 이름도 기억나. 그 남자 이름은……."

선오가 일기장에서 보았던 남자의 이름을 대자 여자 친구의 낯빛이 변했다. 선오는 갑자기 따귀를 맞았다.

"어떻게 다 알면서 뻔뻔하게!"

여자 친구는 그렇게 선오를 혼자 벤치에 내버려 두고는 화를 내고 가버렸다. 선오는 한참을 그렇게 꿈에서 깰길 기다리며 벤치에 홀로 남아 있었다.

그날 이후 선오는 자신이 남들의 기억을 볼 수 있다는 것을 깨달았다. 타인의 기억은 커다란 도서관의 모습으로 형상화되었다. 도서관 안에는 그 사람의 기억들이 여러 권의 책에 기록되어 있었다. 책에는 그날 그 사람이 무슨 생각을 했고, 무엇을 했고, 무엇을 먹었고, 무엇을 보았고, 무엇을 들었는지 적혀 있었다. 그리고 책 표지에는 날짜가 적혀 있었다. 보통은 하루당 책 한 권씩이었는데, 그날 많은 일을 겪었으면 1권, 2권 등 여러 권으로 나뉘어 있었고, 너무 짧으면 동화책처럼 얇게 만들어져 있었다.

선오는 자신의 능력을 제대로 알아보기 위해 다양한 실험을 해보았다. 먼저 자신의 머리에 손을 대고 본인의 도서관에 들어가 보려고 시도해 보았다. 그러나 머리에 손을 오랫동안 대보아도 보이는 것이 아무것도 없었다. 그래서 친한 친구나 가족들의 기억 속을 돌아다니며 여러 가지를 시도해 볼 수밖에 없었다.

선오는 먼저 기억의 도서관에서 시간을 재보기로 했다. 기억의 도서관 안에서는 손목에 찬 시계가 작동하지 않았기 때문에 시계로 시간을 잴 수 없었다. 그래서 선오는 도서관 속에서 직접 숫자를 세고 나오는 방식으로 시간을 잴 수밖에 없었다. 이런 방식으로 선오는 기억의 도서관에서 1부터 60까지 10번을 셌을 때 현실에서는 1분밖에 지나지 않는다는 것을 알아냈다.

　기억의 도서관에 꽂혀 있는 책들은 시간 순서대로 정렬이 되어 있었다. 선오가 책들을 마구 섞어서 꽂아놓으면 책장 주인의 기억 역시 뒤죽박죽 섞여 버렸다. 선오는 기억이 적혀 있는 책을 찢어도 보고 구겨도 보고 먹어도 보았다. 책을 찢어버리거나 구겨버리면 기억의 주인은 무슨 일이 있었다는 사실만 기억하고 상세한 내용을 잘 떠올리지 못했다. 그래서 상세한 내용을 떠올리는 데에 아주 오랜 시간이 걸렸다. 그리고 책을 찢었을 때보다 구겼을 때, 기억의 주인이 기억을 더 잘 떠올렸다. 책을 찢어버리게 되면 마치 컴퓨터 센서가 책장을 쭉 살펴본 후 책장 밑에 떨어져 있는 나머지 부스러기들을 점검하다가 기억을 발견하는 느낌이었다.

　선오가 책을 찢어 먹어보았을 때 종이는 입 안에서 녹아 사라지는 게 아니라 선오의 발밑으로 떨어졌다. 마치 유령이 된 것처럼 선오의 몸을 관통해서 떨어지는 느낌이었다. 기억을 영구히 없애는 것은 불가능해 보였다. 그리고 새로운 기억을 삽입하는 것도 불가능하다는 것을 깨달았다. 도서관 안에는 필기구가 없었기 때문에 새로운 페이지 혹은 기존 페이지에 새로운 기억을 삽입하는 글을 쓸 수 없었기 때문이었다.

도서관에는 선오 외에 어떠한 존재들이 더 있었는데 선오는 그것들을 '몽그리'라고 이름 붙였다. 몽그리들은 몽글몽글한 것이 하얀 안개같이 생겼는데 눈, 코, 입이 있지는 않았다. 그들은 마치 하얀 연기로 된 눈사람처럼 도서관 안을 돌아다녔다. 이 몽그리들은 스멀스멀 돌아다니며 책들을 가지런히 꽂기도 하고 반대로 흐트러뜨리기도 했다.

사람마다 도서관 속에 서식하는 몽그리 수가 달랐다. 그리고 아주 천천히 구름처럼 흐르는 녀석들도 있었고, 제법 빠르게 움직이는 녀석들도 있었다. 즉, 사람마다 몽그리의 특징과 개체 수와 생김새가 달랐다. 선오는 사람의 의지가 몽그리들에게 반영된다고 생각했다. 각자 독특한 몽그리를 가지고 있었기 때문이었다.

사람들이 스트레스를 받게 되면 머릿속이 흔들리면서 기억 속 책들이 우수수 떨어지곤 했다. 이때 몽그리들이 스멀스멀 움직이며 아주 느리게 책들을 올려놓고 정리하는 일을 했다. 선오가 몽그리들보다 빨리 이곳저곳에 떨어져 있는 책들을 가지런히 정리하면 사람들은 뒤죽박죽 섞여 있던 기억이 말끔해진 것 같다고 말했다.

여러 실험 끝에 선오는 자신이 기억을 없애거나 새롭게 넣을 수는 없어도 희미해진 기억을 또렷하게 하거나, 정리해 줄 수 있는 능력이 있다는 것을 알게 되었다. 선오는 자신의 능력이 신기했고, 왜 이런 능력이 생겼는지 알지 못했다. 또한, 이 사실을 다른 사람들에게 이야기해도 대부분의 사람, 아니 모든 사람들이 그의 이야기를 믿지 않았다.

선오는 자신의 능력을 더 잘 이해하기 위해 심리학과를 복수 전공하며 인지 과학과 뇌 과학을 공부했다. 그만큼 선오는 자신의 능력에 관심이 많았다. 아무도 관심을 가져주지 않으니 스스로 공부해 알아내고 싶은 게 많았다고 보는 편이 더 정확하겠다. 하지만 이때까지도 선오는 인지 과학을 공부하는 것을 취미 정도로 생각했고, 직업과 관련해서는 막연히 남들처럼 어느 회사에 취직해서 회사원으로 살아갈 것이라고 생각하고 있었다.

그렇게 살아가던 중, 선오는 대학교 졸업을 앞두고 경영학과 학생으로서는 운 좋게 중소 컨설팅 회사에 인턴으로 뽑혔다. 선오는 그곳에서 중요한 일을 쉽게 까먹거나, 서로 다른 말을 하며 자신의 기억이 옳다고 우기는 여러 사람들을 만나게 되었다. 대부분 자신의 책임을 타인에게 덮어씌우기 위해 거짓말을 하는 사람들이었다. 선오는 그들의 머릿속을 들여다보고 싶어 답답해하는 자신을 발견했다.

"제가 분명 팀장님 출장 일정이 있다고 말씀드렸었는데요?"

분명 한 달 전 팀장의 출장을 계획하면서 경리 팀에 항공권 예약을 요청해 놓았었는데, 경리 팀에서는 그런 예약을 받은 적이 없다고 우기고 있었다.

"죄송하지만, 경리 팀원 중 경영전략 팀 출장 일정 관련한 문의를 받았다고 하는 직원은 없습니다."

선오는 미치고 팔짝 뛸 지경이었다. 그는 몇천 개가 쌓여 있는 자신의 메일을 모두 뒤져 겨우 경리 팀 직원과 주고받은 이메일을 찾아 내밀었다. 그마저도 이메일에 "예약 잘 되었는지 확인 부탁드립니다." "예약 확인되었습니다." 정도만 쓰여 있어 경리 팀에서는 정확히 부장님 출장 건이라는 말을 전달받지 못했다고 우겨댔고, 결국 선오가 똑바로 내용을 전달하지 못했던 것으로 마무리가 되었다.

이런 일들은 수시로 발생했고, 이런 일들이 발생할 때마다 선오는 그들의 머릿속을 들여다보고 싶어 답답해하는 자신을 발견했다. '정말로 기억이 안 나서 그러는 거야?'라는 의문이 머릿속을 맴돌았기 때문이었다.

그렇게 아슬아슬하게 직장 생활을 견디던 중 한 사건으로 선오는 결심을 굳히게 되었다. 클라이언트가 본인이 한 실수를 선오의 실수라 우긴 사건 때문이었다.

"나는 그런 말을 들은 적이 없다니까?"

고객이 직접 사무실에 찾아와 선오에게 고래고래 소리를 질렀다.

"이것 때문에 컨설팅 일정 더 미룬다는 게 말이 돼? 경영진들이 목 빠지게 기다리고 있는데, 기한 넘기면 무조건 지체배상금물을 거니까 그렇게 아세요."

"제가 분명 지난주까지 제출해 달라고 말씀드렸습니다."

"증거 있어?"

고객은 말 그대로 막무가내였다. 목소리 큰 사람이 이기는 세상이다. 선오는 그가 정말로 몰라서 그러는 것인지 답답한 마음에 하마터면 그의 머리에 손을 대 기억을 살펴볼 뻔했다.

선오의 팀장은 오늘까지 제출해 주면 기한에 맞춰보겠다고 고객을 달랬다. 그 일로 선오는 3일간 집에 들어가지 못했고, 팀원들의 눈총까지 받게 되었다. 팀장은 흔히 있는 일이라며 신경쓰지 말라고 했지만, 다음부턴 저런 고객에 대비해 서류로 증거를 남겨두는 것이 좋을 것이라고 넌지시 눈치를 주었다.

선오는 이 일을 계기로 컨설팅 회사는 적성에 맞지 않는다고 결론을 내리고 남들의 기억을 보고 싶어 하는 자신의 욕구를 받아들이기로 했다.

✦˙

선오는 대학교를 졸업하고 사무소를 차려 다른 사람들의 기억을 정리해 주는 일을 하기 시작했다. 그는 젊었고 왠지 뭐든 잘될 것 같은 자신감으로 차 있었다. 선오는 다양한 사람들의 기억을 들여다보며 돈을 벌었다.

하지만 대부분의 사람들은 그를 마치 사주나 타로를 보는 사람인 것처럼 대했다. 대부분은 그의 능력을 진심으로 믿기보다 새로운 점술 분야 정도로 생각하고 그를 찾아왔다. 그러다가 선오의 능력 때문에 정말 잊어버린 사실을 기억해 내거나 정신이 또렷해지는 것을 느낀 사람들이 다시 그를 찾아오기 시작하며, 단골이 생기기 시작한 것이다.

기쁜 일은 슬픈 일과 함께 오는 법. 안타까운 일들도 있었다. 선오의 소문을 듣고 지푸라기라도 잡고 싶은 심정으로 그를 찾아온 치매 환자들 때문이었다.

"저기, 저희 어머니가 치매 초기라는 진단을 받았는데, 혹시 치료할 수 있는 방법이 없을까요? 선생님께서 그게 가능하다는 소문을 들어서······."

"선상님, 지가······ 언젠가부터 정신이 흐릿해서······ 가끔 실수를 하지 머여유. 근디 정안네 할미가, 선상님이 유명하다고 해가꼬······. 우째 방법이 없겠습니까?"

여든이 넘어 지팡이 없이는 제대로 걷지도 못하는 할머니의 손을 꼭 붙잡고 찾아오신 아주머니는 너무 간절한 눈빛으로 선오에게 부탁했다. 처음에는 선오도 기억에 대해서라면 전문가라고 생각했기 때문에 치매를 치료할 수 있다고 믿었다.

"할머니, 제가 한번 가능한지 살펴볼 거예요. 잠시만 머리에 손을 갖다 대도 될까요?"

할머니는 무슨 말인지 못 알아들은 것 같았지만 그저 고개만 끄떡거리며 선오의 손을 잡고 "부탁합니다." 말만 반복하고 있었다.

할머니의 기억 속 책들은 몽그리가 얽히고설켜 풀처럼 찐득해져 도서관의 책들 여기저기에 붙어 있었다. 책에 찐득하게 붙어 있는 몽그리는 특정 페이지들을 붙여버리기도 하고, 특정 글자들이 잘 안 보이게 덮어버리기도 했다. 어떤 책은 몽그리가 통째로 찐득하게 붙어 있어 아예 책을 펼칠 수가 없었다.

몽그리들은 스멀스멀 조금씩 움직이고 있었다. 움직일 때마다 끈적해진 몸에 붙은 책들이 떨어지기도 했고, 원래의 형태로 서재에 꽂히기도 했다. 치매가 진전될수록 끈적해진 몸에 붙은 책들이 잘 떨어지지 않아 기억이 온전하게 보존되기가 점점 어려워지는 것 같았다.

선오는 어떻게든 몽그리를 떼어내고 책을 펼쳐보려 했지만, 그럴수록 책이 찢어지거나 더 구겨져 버렸다. 몽그리들의 변화는 기억의 문제라기보다 정신의 문제였기 때문에 선오는 치매환자의 정신에 반응하여 몽그리들이 끈적끈적하게 달라붙는 것을 막을 수 없었다. 선오는 어쩔 수 없이 떨어져 있는 책들을 서재에 잘 정리해 놓는 작업밖에 할 수가 없었다.

선오는 아주머니께 본인은 치매를 치료할 수 있는 사람이 아니라고 솔직하게 말하는 수밖에 없었다. 그럼에도 불구하고 일시적으로 머리가 맑아진 것을 치료 효과가 있는 거라고 생각한 듯 아주머니는 여러 차례 할머니를 모시고 선오를 찾아왔다.

아주머니 외에도 여러 치매 환자들이 매번 그에게 치료 아닌 치료를 받고 갔다. 그에게 오는 사람들 모두 간절함을 안고 그를 찾아왔기 때문에, 그런 환자들을 만날 때마다 선오는 무력감을 느꼈다. 그래서 선오는 치매 환자를 치료해 보겠다는 목표를 포기했다. 자신의 능력만으로 할 수 없는 일들이 많다는 사실을 인정했고, 조금 서글퍼졌다.

✦ᣟ

어느새 희주의 기억은 점점 더 사라지고 있었다. 이제는 중학교 1학년 때 일들도 점점 소설처럼 느껴졌다. 일반적인 치매 증상과는 달랐다. 어렸을 적 기억부터 순서대로 차례차례 희미해져 갔다. 희주는 이제 초등학교 친구들 전부를 기억하지 못했다. 그러나 일상생활을 하는 것은 문제가 없었다. 현재의 기억들은 아직 사라지지 않고 남아 있었다. 희주는 여전히 회사에서 마케팅 기획을 열심히 하고 있었고, 집 비밀번호도 뚜렷이 생각났으며, 본인의 핸드폰 번호 등도 잊지 않았다. 어쩌면 이전보다도 더 또렷한 것 같았다. 아주 가끔은 '굳이 예전의 기억들이 필요할까?' 하는 생각이 들기도 했다.

희주는 중학교 때 일들까지도 서서히 잊기 시작하자 무언가 심각한 문제가 있다는 사실을 인정하기로 했다. 희주는 인지 치료 분야에서 가장 뛰어나다고 소문난 의사도 찾아가 보고, 한의원에도 가보고, 전문가에게 심리 상담도 받아보았다. 인지 치료 분야의 의사는 스트레스가 원인일 수 있으니 스트레스를 줄여보자고 했고, 한의원에서는 생전 처음 맛보는 씁쓸한 맛의 약들을 처방해 주었으며, 심리 상담 전문가는 마음 산책을 해보자며 그녀에게 다른 사람들과 같이 무엇인가를 하는 프로그램을 권유했다. 희주는 나름대로 열심히 노력했음에도 기억이 사라지는 원인을 찾지 못했을 뿐만 아니라 그 무엇 하나 그녀의 기억이 사라지는 것을 막아내지 못하자 실망감이 몰려왔다.

그렇게 여러 방면에서 해결책을 찾고 있을 때쯤에 희주는 우연히 선오의 존재를 알게 되었다. 계기는 간단했다. 인터넷에 기억 감퇴, 기억력 향상 치료 등을 검색해 보다가 어떤 맘 카페에 올라온 후기를 보고 선오의 사무실을 알게 된 것이었다.

열무곰 어머니 치매 때문에 모시고 찾아간 김에 저도 받아봤는데, 기억이 깨끗해진다고 해야 하나? 좀 맑아지는 느낌이 들었어요.

> 생각보다 사이비는 아닌 것 같아요.
>
> **하이맘** 거기 치매 치료 안 된대요.
>
> **정이야미** 첫사랑이 준 편지를 찾아냈어요. 엄마가 볼까 봐 서랍 맨 밑에 숨겨놓았는데, 까맣게 잊고 있었거든요.

하지만 정말 정신이 또렷해졌다느니, 이제는 기억이 잘 난다느니 하는 방문 후기들을 읽어보며, 단순 홍보 글이겠거니 생각했다. 그런데 그녀가 찾아간 그 누구도 그녀의 이상한 기억력 감퇴 증상을 치료해 주지 못하자 밑져야 본전이라는 생각에 그를 찾아가 보기로 한 것이다.

희주는 선오의 사무실에 토요일 오전 10시까지 방문하기로 예약을 했고, 약속 시각 5분 전에 사무실 앞에 도착했다.

'므네모스 기억력 치료소'

사무실 이름이었다. '므네모스?' 어감이 이상한 단어였다. 희주는 조심스럽게 노크를 한 후 선오의 사무실에 들어갔다. 희주는 변호사 사무실에 잘못 들어온 것인가 하는 생각을 하고 명패를 다시 확인해 보았다. 분명 기억력 치료소였다.

사무실 안쪽에는 깔끔한 사무용 책상이 있었고 책상 양옆에는 수많은 책들이 꽂힌 책장이 있었다. 창가에는 커다란 화분 두세 개가 화창한 햇빛을 가려주고 있었고 사무실 중간에는 작은 탁자를 앞에 둔 푹신해 보이는 커다란 소파가 있었다. 소파 맞은편에는 바퀴가 달린 작은 의자가 있었다.

선오는 책상 앞에 앉아 노트북으로 무엇인가를 하고 있었는데, 희주가 들어온 것을 보자 반갑게 인사하며 일어났다. 그는 평범한 양복 차림이었다. 희주는 가운이 아닌 양복 차림의 선오를 보고 경계심을 가지기 시작했다.

"어서 오세요."

낮은 목소리로 인사를 한 선오는 사무실 구석에 있는 다용도실에서 차를 가져왔다. 그리고 희주가 쭈뼛거리며 아직도 문 앞에 서 있는 것을 보자 사무적이지만 다정한 목소리로 말했다.

"여기에 편안하게 앉으시면 됩니다."

선오가 희주에게 차를 내주는 동안 희주는 긴장한 채 선오를 관찰했다.

'분명 나에게 문제가 있다고 이야기하겠지. 여기라고 내 문제를 해결할 수 있을까?'

"무슨 일로 오셨나요?"

선오는 본인이 탄 차를 마시며 차에 입도 대지 않고 있는 희주를 쳐다보았다. 희주는 누가 보면 정말 변호사 상담을 받는 것과 같은 모습이었다.

"저…… 기억이 점점 사라지고 있어요."

선오는 눈을 반짝였다. 선오는 빠르게 희주의 머릿속 도서관을 상상하며 '책들이 뒤섞여 있는 걸까?' 하는 생각을 했다.

"기억이 어릴 때부터 순서대로 없어지는 것 같아요. 이상하게 들리죠?"

선오는 아무 말이 없이 차를 마셨다. 내색은 안 했지만 그는 매우 흥미로워하고 있었다. 처음 보는 증상이었다.

"좋습니다. 그럼 한번 볼까요. 제가 잠시 기억을 들여다볼 건데, 원인을 찾는 목적으로만 기억을 살펴볼게요. 개인적인 일들은 보지 않겠습니다. 괜찮으실까요?"

"네? 네."

희주는 조금 당황하여 얼떨결에 대답했다. 선오가 희주에게 언제부터 그런 증상이 있었는지, 어디가 아프진 않은지 전혀 물어보지 않는 것이 신기했다.

"잠시 머리에 제 손을 얹을게요. 편안히 눈을 감고 계시면 됩니다."

희주는 선오가 다가오는 게 살짝 겁이 났다. 지금이라도 그냥 이곳을 나갈까 고민했다. 혼자 오는 게 아니었다는 생각도 했다. 그러나 이미 나갈 타이밍을 놓쳤다.

선오는 희주가 앉아 있는 소파 근처로 조그마한 바퀴 의자를 끌고 와 앉았다. 희주는 긴장한 채로 가만히 눈을 감았다. 선오는 희주의 머리에 살포시 손을 얹었다.

선오는 유난히 커다란 도서관에 놀랐다. 남들에 비해 특이할 것 없는 도서관이었지만, 왠지 모르게 더 크게 느껴졌다. 그 이유를 생각해 보니, 책 표지가 다 회색이거나 검은색이었고 책 두께도 다 얇은 책들밖에 없어 도서관이 텅텅 비어 보였기 때문이었다. 선오는 희주의 생활이 짐작이 갔다. 분명 다른 사람과 교류를 많이 하지 않을 것이다. 중간중간 알록달록한 책들도 몇 권 보이긴 했다. 무슨 내용이 있을지 궁금했지만 선오는 고객과의 약속을 지키기 위해 그냥 지나쳤다. 선오는 희주가 점점 사라지고 있다고 말한 오래된 기억들을 찾아 걸어갔다. 둔탁한 걸음 소리만이 도서관에 울리는 듯했다.

순간 선오는 여태까지 느껴보지 못한 이상한 느낌이 들었다. 그곳에 선오 말고도 다른 무엇인가가 있는 것 같은 느낌이었다. 몽그리 때문이 아닌 것 같았다. 어쩐지 몽그리가 별로 눈에 보이지도 않는 것 같았다. 오싹한 느낌에 주위를 둘러봤지만 아무것도 보이지 않았다. 가만히 주위를 둘러보던 선오는 문득 이상한 소리가 나고 있다는 것을 깨달았다.

사각, 사각, 사각.

너무 규칙적으로 들려와 여태껏 이상한 소리라고 생각하지 못한 것이었다. 선오는 천천히 앞으로 다가갔다. 어린 시절 기억들로 거슬러 올라갈수록 소리가 점점 커졌다. 멀리서 무엇인가가 보이기 시작했다. 선오는 한 번도 이 공간에서 몽그리 외의 존재를 만난 적이 없었다. 그래서 그런지 두려운 마음이 들면서도 반가운 마음이 들기도 했다. 멀리서 '무엇'인가가 보였다. 선오가 '무엇'을 응시하며 천천히 다가가는 동안 '무엇'은 웅크리고 앉아 끊임없이 '사각사각' 소리를 내고 있었다.

'무엇' 주변에는 책들이 가지런히 쌓여 있었다. 갑자기 '무엇'이 뒤를 돌아봤다. 하마같이 커다란 주둥이에 생기 없는 눈, 육중한 얼굴, 입 안에 찢어진 책들이 가득한 것으로 보아 그 '무엇'이 살이 통통히 찐 손으로 책을 들고는 그 책을 먹고 있는 것 같았다.

✦˙

선오는 화들짝 놀라 현실에서 눈을 떠버렸다. 희주는 선오가 화들짝 놀라 움찔하자 눈을 번쩍 뜨고 그를 쳐다보았다. 선오는 혼란스러웠다. 이런 상황은 처음이었다.

희주는 선오가 무슨 말이든 하기를 기다렸다. 선오는 가만히 생각에 잠겼다. 선오는 희주가 앞에 있다는 것도 잊은 채 희주의 기억 속에서 마주한 '무엇'에 대해 생각했다.

그때, 희주가 조심스럽게 입을 열었다.

"저기……."

선오는 새삼 여기 누군가 있다는 사실에 놀라 희주를 쳐다보았다. 선오는 정신을 차리고 희주에게 물었다.

"혹시, 예전에도 희주 씨의 기억을 보겠다고 한 사람이 있었나요?"

"아니요. 혹시 뭐가 잘못되었나요?"

"아닙니다. 잘못된 것은 없어요. 그냥 너무 새로워서 물어봤습니다."

희주는 의아한 얼굴로 선오를 쳐다보았다. 선오는 자신이 겪은 일을 설명할 수 없었다. 선오는 다시 '무엇'을 마주하는 것이 두려웠다.

'어떻게 해야 할까? 그것이 나를 공격할까? 나는 그럼 어떻게 되는 걸까?'

희주는 선오의 이상한 말들을 곱씹으며 그가 사이비가 분명하다고 생각했다. 반면, 선오는 희주에게 최대한 정확하게 말하려고 노력하고 있었다.

"제가 희주 씨의 기억을 들여다보았는데, 그 안에 마치 다른 무엇인가가 있는 것 같았습니다. 기억이 점점 지워지고 있다면 그 무엇인가가 원인인 것 같습니다."

"무엇인가가 무엇인가요?"

희주는 차분히 물었다. 선오는 쉽게 대답하지 못했다.

"저도 좀 더 공부를 해보아야 할 것 같습니다. 처음 겪는 케이스라서요."

"아, 네."

희주는 별일 아니라는 듯이 대답했다.

"죄송한데, 한 번만 더 봐도 되겠습니까?"

희주는 선오가 과연 결국에 어떤 말을 할지 궁금했다.

"네, 그러세요."

희주는 자연스럽게 다시 눈을 감았다. 이번에는 오히려 긴장이 좀 풀린 것 같았다. '다른 이들과 똑같은 이야기를 하겠지.' 하고 생각했다. '스트레스가 문제다. 처방이 필요하다.' 등등······.

선오는 다시 희주에게 양해를 구한 뒤 희주의 머리 위로 가만히 손을 올리고 크게 심호흡을 하며 그녀의 기억으로 들어갔다.

희주의 기억 속 도서관은 방금 들어갔을 때보다도 조금 더 음침한 듯한 느낌이 들었다. 선오는 희주의 가장 최근의 기억부터 천천히 되짚어갔다. 그녀는 오래된 기억부터 잃어가고 있음에도 불구하고 여전히 부모님을 기억하고 있었다.

선오는 가장 가까이에 있는 책을 펼쳐보았다. 거기에는 최근까지도 부모님에 관한 이야기들이 적혀 있었다. 엄마가 전화를 했고, 안부를 물었고, 자취방까지 반찬을 싸 오셨고, 동생이 의대에서 좋은 평가를 받고 있다는 근황을 전하고……. 희주가 어릴 때 기억을 잃었더라도 최근까지 부모님에 대한 일들이 기억 속 책에 반복해서 기록되고 있었기 때문에 여전히 부모님에 대한 것은 기억할 수 있는 것 같았다.

즉, '무엇' 때문에 잊어버리게 되는 이전의 기억들을 영영 잃지 않으려면 기억들이 사라지기 전에 이전의 기억들을 반복해서 생각해야 한다. 선오는 나름의 치료법을 생각해 냈다는 것에 조금 안도하며 책을 다시 꽂아놓고 천천히 도서관 앞쪽으로 발걸음을 옮겼다.

선오는 어두컴컴한 복도를 걸으며 어딘가에서 불쑥 무엇이 튀어나올 듯한 긴장감을 느꼈다. 도서관을 걸을 때마다 식은땀이 나는 것 같았다. 천천히 발걸음을 옮기던 선오는 서서히 들려오는 소리에 귀를 기울이며 조심스럽게 걸음을 멈추었다.

사각사각 사각사각.

소리가 들리고 있었다. 천천히 소리 나는 쪽으로 발걸음을 옮긴 선오는 드디어 '무엇'과 마주했다. 거대한 덩치의 '무엇'은 웅크리고 앉아 사각사각 소리를 내고 있었다. 한쪽 구석에 쌓여 있던 책들은 조금 줄어 있었다. 알록달록한 표지들인 것으로 보아 어린 시절의 책들인 것 같았다. '무엇'은 희주의 가장 오래된 기억부터 차례대로 먹어 치우고 있는 것 같았다. 선오는 천천히 다가가다가, 그 '무엇'에 집중하느라 미처 보지 못하고, 근처에 떨어져 있는 책을 걷어찼다. 툭 소리가 났다.

'무엇'이 사각거리는 소리를 멈추었다. '무엇'이 뒤를 돌아봤다. 그를 발견한 '무엇'은 선오가 도망갈 틈도 주지 않고 그에게 순식간에 달려왔다. 선오는 갑자기 달려온 '무엇'에 놀라 뒤로 자빠졌다. '무엇'은 달려와 선오의 손부터 팔뚝까지를 덥석 물었다. 실제로 통증이 느껴지는 것은 아니었으나 선오는 당황하고 패닉에 빠져 팔이 너무 아픈 것 같다는 생각이 들었다.

선오는 겨우 뒷걸음질을 치며 일어나 손을 빼내어 도망쳤다. 그런데 그의 손에 뭔가가 쥐어져 있었다. 무엇의 입 속에서 빼낸 책 쪼가리였다.

✦ː

선오는 어느새 자기가 소리를 지르고 있다는 것을 깨달았다.

"아아악!"

희주는 갑자기 선오가 소리를 지르자 깜짝 놀라 자리에서 일어나 그에게서 멀찍이 떨어졌다. 선오는 바퀴 의자에서 뒤로 넘어졌다. 발 하나는 아직도 바퀴 의자에 걸쳐진 채였다. 희주는 너무 놀라 가만히 그를 쳐다보았다. 희주는 조심스럽게 선오 옆으로 다가가 가쁘게 숨을 쉬고 있는 그를 "저기요." 하고 부르면서 손가락으로 쿡쿡 찔렀다.

잠시 기절했던 선오가 눈을 떴다. 그는 자신이 현실에서도 소리를 질렀다는 사실을 모르고 있었다. 몸을 천천히 일으켜 작은 바퀴 의자에 똑바로 앉은 선오는 느닷없이 희주에게 근처에 있는 노트를 달라고 했다. 희주는 영문을 몰라 주저했지만 선오는 잊어버리기 전에 빨리 달라고 재촉했다.

나는 은아에게 카메라를 빌려주었다.
태준이는 내가 그렇게 말하자 놀란 듯이…….
엄마가 나에게 그렇게 말했을 때…….

선오는 식은땀을 닦으며 희주에게 노트를 건넸다.

"이게 뭐예요?"

선오는 안정을 조금 찾은 듯 심호흡을 하다가 한참을 고민한 후 미안해하는 듯한 목소리로 말했다.

"아무리 생각해도 어떻게 설명해야 할지 모르겠어요. 그냥 솔직하게 말할게요. 희주 씨 기억 속에서 '무엇'인가를 마주했어요. 그런데 순간 저를 공격하려고 해서 깜짝 놀라 눈을 떠버렸어요."

희주는 처음에 그의 이상한 말을 이해하려고 노력했으나,

아무리 생각해도 이해가 되지 않자, 그만 집에 가는 게 좋겠다고 결론을 내렸다. 희주는 아무 말 없이 천천히 남은 차를 다 마시고 일어나서 나갈 채비를 했다. 큰 기대를 했던 것은 아니지만, 허무한 기분이 들었다.

"저는 도대체 무슨 말을 하시는지 모르겠어요. 아무래도 잘못 찾아온 것 같네요."

"잠깐만요. 너무 이상한 소리로 들리는 줄은 알겠는데, 노트에 제가 쓴 글 중에 혹시 기억나는 거 없어요?"

"죄송하지만, 저는 이만 가볼게요."

"은아, 은아라는 사람 몰라요?"

희주는 잠시 기억을 떠올려 보았다. 그런 이름을 아는 것 같기도 했다.

"잘 모르겠어요. 기억 안 나요."

"태준이는요?"

"태준이? 초등학교 때 좋아했던 애 이름 같은데……."

희주는 태준이에 대해서 자세히 생각도 안 나고 얼굴도 잘 기억 안 났지만 언뜻 중학교 때 친구들에게 태준이가 첫사랑이라고 말했던 것이 떠올랐다.

"거봐요!"

희주는 선오가 흥분하자 슬슬 무서워지기 시작했다.

"이 사람들이 희주 씨 기억이 사라지는 것과 관련이 있는 것 같아요!"

희주는 나가려다가 말고 선오를 돌아봤다. 조금 화가 났다.

"네? 이 사람들 중엔 저의 엄마도 있어요."

"'무엇'이 저한테 달려들었을 때 발버둥 치다가 보니까 어느새 이 쪽지들이 제 손에 쥐어져 있었어요. 기억이 없어지는 원인인 것이 분명해요."

희주는 무슨 말을 하려다 말고 가방을 챙겨 문으로 다가가 문고리를 잡았다. 그녀의 뒤통수에 선오의 목소리가 꽂혔다.

"저는 당신의 기억을 봤어요. 이런 반응 너무 익숙해요. 알아요, 굳이 안 믿는 사람들에게 믿게 하려는 노력 이제 안 하는데, 너무 무서운 것이 희주 씨 머릿속에 있어서 그냥은 못 지나치겠어요."

선오는 희주의 기억 속에서 본 것들을 이야기했다. 엄마가 전화를 했고, 안부를 물었고, 자취방까지 반찬을 싸 오셨고, 동생이 의대에서 좋은 평가를 받고 있다는 근황을 전한 사실들이었다. 희주는 사색이 되고 있었다.

"제 뒷조사를 하신 거예요?"

"아니요. 희주 씨 기억을 본 거예요. 이 사실들을 남들에게 이야기한 적 있어요?"

희주는 근래 사적인 이야기를 하는 사람이 없었다.

"아뇨."

"가족들이 제 이야기를 하던가요?"

"아뇨, 모르겠어요. 안 물어봤어요."

희주는 혹시 동생과 아는 사람인가 싶었다. 그런데 동생은 너무 바빠서 엄마가 반찬을 싸다 주신 것도 모를 것이었다. 그렇다면 이런 이야기를 다른 사람에게 할 만한 사람은 엄마뿐인데, 만약 희주에 관해 묻는 사람이 있었으면 엄마가 희주에게 분명 아는 사람이냐고 물어보았을 것이었다.

'그렇지만 다 얼추 예측할 수 있는 말만 하는 것 같은데.'

"그렇다면, 엄마가 제게 무슨 반찬을 주셨는지도 알아요?"

"고추 무침이랑 마늘장아찌요."

희주는 너무 놀라 나가려고 잡고 있던 문 손잡이를 놓아버렸다.

마늘장아찌를 좋아하는 희주의 독특한 식성에 대해 친한 친구들은 애어른이라며 놀려대곤 했다. 희주가 마늘장아찌를 좋아하기 때문에 엄마는 중학교 때 수학여행을 갈 때도, 수능을 치를 때도 마늘장아찌를 싸주셨다. 하물며 자취방 반찬에서야 빠질 수 없는 메뉴였다. 선오가 말한 그날에는 엄마가 본가에서 고추 무침을 너무 많이 하는 바람에 희주에게 반찬으로 가져다주고는 꼭 다 먹으라고 당부했었다. 희주는 솔직히 선오가 기억을 볼 수 있다는 것이 믿기지 않았지만, 그날 엄마가 마늘장아찌와 고추 무침을 가져왔다는 것을 그가 어떻게 아는 것인지 알

수 없었다.

희주는 선오가 미심쩍었지만 일단은 신기한 마음에 다음에 만날 약속을 하고 사무실에서 나왔다. 선오는 희주의 증상이 없어지게 되면 그때 돈을 받겠다고 했다. 희주는 선오가 자신의 병을 치료할 수 있을 것이라고 생각하지 않았기 때문에 알겠다고 대답했다.

'돈이 드는 것도 아닌데, 뭘. 다른 방법이 없잖아.'

희주는 집에 돌아오자마자 엄마에게 전화를 걸었다.

"응. 희주, 우리 딸."

"엄마, 혹시 근래에 어떤 남자한테 내 이야기 한 적 있어?"

"남자? 무슨 일 있어? 이상한 사람이 집적거리니?"

"아니, 그런 거 아니야. 그냥 혹시나 해서."

희주는 엄마가 걱정하지 않게 적당히 둘러대기로 했다.

"아니, 소개팅했는데 그 남자분이 내 취향에 대해 너무 잘 알고 있길래. 그냥 혹시나 엄마가 내 얘기하고 다니나 했지."

"아, 난 또. 내가 네 이야기를 왜 해. 희훈이 이야기는 많이 하지. 의대 어떻게 갔는지 하도 물어봐서."

"그치?"

희훈이 자랑을 하는 엄마의 말에 희주는 심드렁하게 대답하며 전화를 끊었다. 희주는 그새 선오에 대한 궁금증이 더 커져 있었다.

'정말 기억을 보는 능력이 있는 거야?'

희주는 그날 일기를 썼다. 자신이 마치 영화 속 주인공이 된 것 같았다. 영화 「나비효과」의 주인공이 자신의 몸에 중요한 일들을 기록하듯, 그녀도 일기에 자신의 일들을 기록하기 시작했다. 당장 큰일이 일어난 것 같진 않았다. 어차피 사라져 가는 일들은 모두 과거의 일일 뿐이었다.

지금 희주가 해야 하는 일들은 모두 이전과 같이 할 수 있었다. 물론 과거의 일들은 점점 기억이 안 나긴 했지만…… . 아직은 희주에게 커다란 변화라고 느껴질 만한 것이 아무것도 없었다. 그렇게 생각하면서도 왠지 모를 긴장감이 느껴지는 것은 어쩔 수 없었다.

희주는 문득 과거의 기억들이 예쁜 액세서리 같다는 생각이 들었다. 마음에 들어 산 예쁜 액세서리를 자주 사용하다가도 잃어버리면 조금 아쉬울 뿐 쉽게 다른 액세서리에 눈을 돌린다. 이전의 기억들이 분명 희주에게 그 순간 중요했을지라도 지금 당장은 잃어버린 예쁜 액세서리와 같아 보였다. 이제 다른 새로운 일들에 눈을 돌리면 되는 것뿐이다.

'별일 아니야. 잊어버려도 돼. 나에게 중요하지 않은 기억들이야.'

희주는 스스로를 다독였다.

선오는 희주가 돌아간 후 희주의 증상과 비슷한 사례들을 찾아보았다. 기억이 특정 시점 이후부터 사라진 경우는 있었어도, 희주처럼 시간 순서대로 사라지는 경우는 없었다. 선오는 분명 희주의 머릿속에 있는 '무엇'이 원인일 것이라고 생각했다. '무엇'은 거대해진 몸 때문에 한자리에 계속 앉아서 책을 먹어 치우고 있었다.

선오는 '무엇'이 희주의 오래된 기억부터 차례대로 책들을 먹어 치우고 있는 것이라는 생각을 했다. 그래서 다른 기억 장애가 있는 사람들과 다르게 기억이 처음부터 시간 순서대로 없어지는 증상이 나타나는 것 같았다. 선오는 희주와 더 많은 대화가 필요하다고 느꼈다. 희주의 이상한 병을 해결할 열쇠는 왠지 희주가 가지고 있을 것 같았기 때문이었다.

은아를 찾아서

선오는 매주 토요일마다 희주를 만나기로 했다. 희주의 어린 시절 기억들이 계속해서 사라지고 있었기 때문에 매주 토요일에 만나 어디까지 사라지고 있는지 파악했다. 혹시나 현재의 기억까지 사라지지는 않았는지 확인하기 위해서였다.

희주는 여전히 선오를 의심하고 있었지만 별다른 방법이 없었기에 그를 매주 찾아갔다. 적어도 스트레스를 줄여야 한다느니, 약을 먹어야 한다느니, 마음 산책 프로그램을 하자느니 권유하는 곳보다는 마음 편하게 있을 수 있는 '므네모스'가 더 나은 듯했다.

"지난번에 오셨을 때 중학교 2학년 체육 대회까지 기억난다고 했어요. 지금은 어떤가요?"

"어…… 아니요. 기억이 잘 안 나는데요."

"그러면, 그 즈음에 반 친구들이 싸운 일이 있었다고 했었는데 그건 어떤가요?"

"그런 일이 있었던 것은 같은데 기억이 잘 안 나요."

"저번에는 친구 얼굴까지 상세히 말씀하실 수 있었는데, 지금은 안 되는가 보군요. 그러면 기말고사는?"

"아, 그건 기억나요. 그때 음악 시간이었나? 제가 커닝하는 줄 알고……."

"선생님이 와서 시험지 밑을 들추어 보았다고 했죠."

"네, 맞아요."

매주 기억이 어디까지 없어졌는지 확인하는 것도 신기했다.

선오는 희주와 대화를 통해 어느 시점까지 기억하고 있는지를 대략 파악하고 그녀의 기억으로 들어갔다. 기억 속에서 '무엇'은 가만히 앉아 큰 소리를 내며 책을 먹고 있었기 때문에 선오가 조심조심 다가가면 그의 존재를 눈치채지 못했다. 선오는 '무엇'이 어디까지 먹어 치우고 있는지를 점검한 후 희주에게 어느 시점까지 기억이 사라졌다고 말해주었고, 희주는 그의 말을 들을 때마다 마치 병원에서 바이러스가 어디까지 퍼지고 있는지 진단받는 것 같은 기분이 들었다.

선오는 '무엇'에게서 빼낸 페이지들이 분명 '무엇'이 이미 먹어 치운 책의 일부일 것이라 생각했다. 찢겨나간 페이지 속에 분명 단서가 있을 것이다. 선오는 그렇게 믿고 싶었고, 또 그것밖에 단서가 없었기 때문에 거기에 집착할 수밖에 없었다.

선오는 희주에게 그가 가져온 단서를 활용해서 기억이 사라지는 원인을 찾아보자고 제안했고, 희주도 어느새 그의 말에 일말의 희망을 찾기 시작했다. 스트레스를 줄이는 방법을 가만히 앉아 생각하는 것보단 무엇인가 찾아보고 골똘히 생각해 보는 것이 더 나았기 때문이기도 했다.

선오가 가져온 단서 중 희주가 쉽게 마주할 수 있는 상대는 그녀의 엄마였다. 그러나 희주의 엄마는 하필 외할머니의 간병을 이유로 몇 주 동안 춘천으로 내려간 상황이었다. 선오와 희주는 어쩔 수 없이 다음 타깃인 '은아'를 만나 희주의 기억이 이상해지는 이유를 찾아보기로 했다. 그녀가 어쩌면 희주의 기억이 사라지는 원인인 어떤 '사건'을 알고 있을지도 모른다고 생각했다. 하지만 불행하게도 희주는 '은아'라는 사람을 전혀 기억하지 못했다.

"친구들에게 전화해서 물어보는 게 어떨까요?"

"아, 제가 은아를 기억하지 못하는 것을 이상하게 생각하지 않을까요?"

"모른다고 하지 말고, 그냥 갑자기 생각이 났는데 모여보자,

이런 건 어때요?"

"그건 좀……. 금방 들킬 것 같아요. 같이 알고 있는 일들에 반응을 못 하면 이상하다고 생각할 거예요."

선오는 희주가 망설이는 진짜 이유를 눈치챘다.

"안 본 지 너무 오래되었군요."

"네, 사실 그런 것 같아요."

"잠깐만, 친구들하고 언제부터 연락을 안 한 거예요?"

"음, 초등학교, 중학교 때 친구들은 대학교 들어가면서부터 뜸해졌죠. 아무래도 대학교 근처에서 자취도 하고 그러면 예전만큼 만나기 어려우니까요."

"그러면 친구가 없어요?"

"없진 않아요!"

희주가 조금 발끈해서 말했다.

"지금 연락할 만한 친구 몇 명이나 돼요?"

희주는 핸드폰 친구 목록을 뒤져보았다. 워낙 교류가 없어서 연락하는 친구들이 별로 없었다. 그러고 보니 희주가 먼저 친구를 찾았던 적이 언제였던가. 먼저 연락 오는 친구들도 보통 단체 모임에 나오라는 권유가 목적이었다. 혹은 결혼이나 조의 때문이었다.

"왜 친구를 안 만든 거예요?"

"안 만든 게 아니라! 그냥 바빠서……. 빨리 밥 먹고 빨리 쉬고 싶고 하다 보니까 자연스럽게 그런 생활에 익숙해진 것 같아요. 누가 놀자 그러면 그런 시간이 아깝고, 그 시간에 다른 걸 할 수 있는데 이런 생각이 들고……."

희주는 선오의 물음에 얼굴이 조금 화끈거렸다.

'친구 없는 게 뭐 어때서. 사는 데 전혀 지장이 없구먼!'

선호는 주눅 든 희주를 보더니 싱긋 웃으며 말했다.

"저도 친구가 많이 없어요. 저는 좀 미친 사람 취급을 받아서 그런 거지만."

선오가 멋쩍게 웃었다. 희주는 왠지 미친 사람과 동일한 취급을 받는다는 느낌 때문에 기분이 언짢아졌다.

"자, 지금 이게 중요한 게 아니고 어서 은아 씨를 찾도록 하죠. 그렇다면 SNS를 찾아봐야 할까요? 얼굴을 보면 기억할 수 있을까요?"

"'무엇'인가가 제 기억들을 먹어 치우고 있다고 하셨잖아요."

"네."

"그렇다면, 제 일기를 찾아보는 건 어때요? 거기엔 이름이 나와 있을 수도 있잖아요."

선오의 얼굴이 환해졌다.

"좋은 방법인데요? 초등학교 때 졸업 앨범도 같이 찾아보면 좋겠네요."

"마침 제가 본가에서 일기장들을 다 가져왔는데 잘됐네요."

희주는 다음 주에 일기장과 졸업 앨범을 가지고 선오의 사무실을 방문하기로 했다.

희주는 곧장 집으로 가 일기장들을 뒤적였다. 초등학교 부터 중학교 때까지 일기들을 꼼꼼히 읽어보았지만 이상하게 5학년 때 일기장만 보이지 않았다. 희주는 본가에 연락해서 아빠에게 자신의 초등학교 5학년 때 일기장과 초등학교 졸업 앨범이 어디 있는지 아냐고 물어보았다. 아빠는 찾아보겠다고 했지만 희주는 엄마가 집안일을 도맡아 하기 때문에 아빠는 아마 어디에 어떤 물건이 있는지도 잘 모를 것이라고 생각했다.

희주가 본가에 다시 갔다 와야 하나 고민하고 있을 때 아빠가 다시 전화를 했다. 초등학교 5학년 때 일기장과 졸업 앨범을 장롱 안쪽에서 찾아냈다고 했다. 혹시나 하는 마음에 이사하면서 짐을 풀지 않았던 상자 안을 들여다보았는데 거기에 마침 찾던 물건들이 있었다는 것이다. 이사 오면서 자리만 차지하는 앨범을 안 보이는 곳에 방치해 둔 것 같았다. 그런데 일기장은 왜 거기 있었을까? 희주는 일기장을 앨범과 같이 둔 이유가 기억이 나지 않았다.

희주는 월요일 아침 일찍 회의가 있어 주말 내내 발표 준비를 해야 했으므로 당장 본가에 내려가기 어려웠다. 희주는 아빠에게 일기장과 졸업 앨범을 택배로 부쳐달라고 부탁했다. 아빠는 의아해하며 그런 게 자취방에 왜 필요한지 물어봤지만, 그냥 친구들 생각이 나서라는 희주의 말을 듣고 알겠다고 대답하며 전화를 끊었다.

✦⁺

"누가 이런 짓을 한 것일까요?"

한 주 뒤 토요일, 므네모스 사무실에서 선오는 희주에게 놀란 듯이 물었다.

희주는 일기장과 앨범이 들어 있는 택배 상자를 가져왔다. 선오는 상자 안에서 일기장을 집어 들고는 살펴보고 있었다. 원래 초등학교 5학년 때의 일들이 적혀 있었던 일기장은 한 페이지가 통째로 뜯기거나, 일부가 찢겨서 너덜너덜해져 있었다. 또, 졸업 앨범에서는 '송은아'라는 사람의 사진이 마치 거칠게 손으로 뜯어낸 듯이 뜯겨 있었다.

"설마, 희주 씨 머릿속에 '무엇'을 넣은 사람이 이런 짓을 한 것일까요?"

선오는 골똘히 생각에 잠겼다.

"정말 기억을 건드린 사람이 아무도 없어요? 누군가 '무엇'이 없어지는 것을 바라지 않는 모양인데요."

희주는 소름이 돋았다.

"한 가지는 확실해졌네요. 송은아 씨가 희주 씨와 초등학교 5학년 때 같은 반이었다는 사실이요."

선오는 찢긴 졸업 앨범 사진 아래 '송은아'라는 글자를 가리키며 말했다. 희주는 생각보다 무서운 일이 일어나고 있는 것 같아 두려워졌다.

택배 사건 이후로 희주는 이전보다 더 문단속도 열심히 하게 되었고, 왠지 누군가가 지켜보고 있을 것만 같은 기분에 묘한 긴장감을 느끼며 지냈다. 그러나 몇 주가 지나도록 신변에 위협이 없자 늘 그렇듯 원래의 느슨한 생활을 자연스럽게 되찾아 갔다. 선오 역시 처음엔 그녀의 안부를 묻는 등 조심스러운 행동을 취했으나 점점 희주가 그렇게까지 위험한 상황은 아닐 수 있다는 결론을 내리게 되었다.

그리고 어느 토요일 아침 희주와 선오는 희주의 초등학교 선생님을 찾아가게 되었다. 희주의 5학년 때 선생님이 여전히 같은 학교에서 교장 선생님으로 있다는 것을 알게 되자 선오가 대뜸 다음 주에 찾아가겠다고 연락을 했기 때문이었다. 졸업 앨범 속 선생님은 중년의 여성이었다. 지금은 머리가 조금씩 희끗할 것이라고 희주는 상상했다.

"갑자기 연락해서 만나겠다고 하면 어떡해요!"

"희주 씨 지금 시간이 많이 없어요. 현재 기억까지 잡아먹히는 데 그리 오래 안 걸릴 거예요."

희주는 기억이 사라지는 것보다도 연락을 오랫동안 안 했던 선생님을 뵌다는 것이 더 걱정되었다. 희주는 그런 어색한 분위기가 너무나 불편하기 때문이었다.

"기억이 사라지는데 아무렇지도 않아요?"

그런 희주의 마음을 눈치챘는지 선오는 운전하는 내내 걱정스러운 얼굴로 희주를 힐끗힐끗 쳐다보았다.

"네, 딱히?"

"생각보다 되게 의연하시네요."

선오는 희주를 보며 싱긋 웃어 보였다. 희주는 누군가가 자기에게 미소를 지었던 것이 또 언제였는지 잠시 생각해 보았다. 적어도 회사에서는 그런 기억이 없는 것 같았다.

"거의 다 왔어요!"

시종일관 말이 없는 희주와 달리 콧노래를 부르고 있는 선오를 보자 희주는 갑자기 그런 선오가 조금 부러워졌다. 아무것도 안 하고 있을 때 회색의 감정이 드는 희주와 달리 그는 항상 기분이 좋아 보였기 때문이었다.

"희주야, 오랜만이다."

교장 선생님은 희주를 반갑게 맞아주었다. 희주는 이 상황이 얼떨떨했다. 선생님의 얼굴에는 졸업 앨범 속 젊었을 때의 모습이 남아 있었다. 하지만 역시나 희주는 선생님의 사진 속 모습 외에는 다른 기억이 전혀 나지 않았다. 처음 보는 사람 같았다.

선생님은 환하게 웃으며 희주의 손을 꼭 잡고 연신 잘 왔다고 말하고는 푹신해 보이는 의자로 안내했다. 그러고는 손수 커피를 타다 주었다.

"찾아오겠다는 말을 듣고 얼마나 놀랐는지, 이렇게라도 보니 너무 반갑다."

희주는 무슨 말을 해야 할지 몰라 우물쭈물했다.

"이분은 남자 친구?"

선생님이 희주에게 묻자 희주가 뭐라고 대답하기 전에 선오가 대답을 했다.

"네, 맞습니다. 선생님 말씀 많이 들었어요. 희주가 꼭 찾아뵙고 싶다고 하더라고요."

희주는 선오를 째려보았다.

'내가 언제요!'

"예전에는 무척 밝고 호기심이 많았었는데 어느새 이렇게 성숙해졌네. 청첩장이라도 가져온 거니? 호호."

선생님은 줄곧 별다른 말을 안 하는 희주를 보며 밝은 분위기를 내려고 노력하는 것 같았다. 선오는 희주에게 눈짓했다. 아까 차에서 선생님에게 꼭 질문해야 하는 것을 희주에게 말해두었기 때문이었다.

"선생님, 혹시 은아랑도 연락하시나요? 오랜만에 너무 보고 싶은데 연락이 안 되네요."

"어머, 알고말고. 은아 어머니랑은 막역한 사이거든. 얼마 전에 은아도 본가에 들어가고 나서 찾아왔었단다. 나는 은아가 나를 찾아왔다는 이야기를 듣고 네가 찾아온 줄 알았어."

"아, 정말요? 혹시 은아의 연락처를 받아볼 수 있을까요?"

"응? 응, 그래그래. 한번 둘이 같이 와. 너희 둘이 친했잖니."

선생님이 핸드폰을 뒤져보며 은아의 핸드폰 번호를 찾아보고 있을 때, 선오가 이때다 싶어 끼어들었다.

"어릴 때 은아 씨가 희주 씨랑 많이 친했나요?"

"네, 그럼요. 둘이 아주 단짝이었어요. 어찌나 둘이 붙어서 까르르거리던지. 아직도 무엇 때문에 그렇게 까르르댔는지 모르겠어요."

"점점 더 은아 씨를 뵙고 싶어지는데요?"

희주는 선오가 희주의 남자 친구 역할을 하며 선생님과 자연스럽게 대화하는 것을 보자 기가 찼다. 선오는 연극 동아리에서 갈고닦은 연기력을 마음껏 뽐내고 있었다.

그렇게 선생님과 한참 동안 희주의 어렸을 적 이야기를 하다가 선오가 대놓고 시계를 봄으로써 시간이 없다는 티를 내었고 그 덕분에 급히 대화가 종결되었다. 선오는 혹시나 하는 마음에 희주의 과거 일들까지 물어보았지만 선생님은 희주가 겪었던 세세한 일들을 기억하지 못했다. 그리고 몇 가지 사건만 반복해서 이야기를 하게 되자 희주의 이상한 증상을 해결할 만한 이야기가 더 나오지 않을 것 같다고 선오는 판단했다.

"내 정신 좀 봐, 너무 오래 잡고 있었네. 다음에 은아랑 또 오너라, 같이 밥이라도 먹자."

선생님이 희주를 다시금 기특한 듯 쳐다보며 말했다.

"네, 선생님. 오늘 정말 감사드려요."

희주는 예의를 차려서 말했다. 선생님은 매우 기뻐 보였다. 희주와 선오가 그렇게 떠나려는데, 선생님이 그들을 불러 세웠다.

"참 희주야, 그러고 보니 어제 은아를 찾는 사람이 찾아왔었어. 혹시 너한테도 은아를 찾는 사람이 연락하진 않았니?"

"네? 아니요."

희주는 놀라서 선생님을 쳐다보았다.

"누구였어요?"

선오가 놀라서 다급하게 물었다.

"누군지 잘 기억이 안 나요. 은아에 대해 물어봤던 것 같은데 너무 수상해 보여서 자세한 이야기를 해주기 좀 그렇더라고요."

희주가 살짝 굳어진 얼굴로 물었다.

"왜 찾아온 거래요?"

"잘 모르겠다. 기억이 잘 안 나. 뭐라고 했었던 것 같긴한데, 요새 나이가 드니 바로 어제 일인데도 잘 기억이 안 나네. 아무

튼 수상해 보였어. 너도 조심해라, 희주야."

선오는 희주를 쳐다보았다. 희주도 놀라서 선오를 쳐다보고 있었다.

밖으로 나온 뒤 희주는 심각한 목소리로 말했다.

"누군가가 선생님 기억을 지운 것이 분명해요! 선오 씨도 혹시 기억을 지울 수 있어요?"

"아니요, 난 못 해요. 해보려고 해봤는데 책을 찢어버려도 기억을 없애버리지는 못하더라고요. 기억을 지우는 여러 방법을 시도해 봤는데, 성공한 적이 없어요. 다만 좀 기억을 흐릿하게 만들거나 좀 잘 생각 안 나게 하는 정도까지는 할 수 있어요."

"책이요?"

희주가 의아해하자 선오는 화제를 바꾸었다.

"누군가가 무엇인가를 꾸미고 있는 것이 틀림없어요. 나와 비슷한 능력을 가진 사람이 또 있는 것 같은데요. 희주 씨 말대로 선생님이 바로 어제 만난 사람을 기억 못 할 리가 없잖아요. 누군가 기억을 건드린 거예요."

희주는 그들처럼 과거의 흔적을 따라가고 있는 사람이 있다는 생각이 들었다. 도대체 누구일까? 왜?

"은아를 빨리 찾아봐야겠네요."

선오는 누군가가 한발 앞서가고 있다는 사실이 불안했다.

　　　　✦˙

　토요일 오전, 희주와 선오는 대학 병원 병실 앞에 와 있었다. 선생님이 알려준 번호로 전화를 해보았지만 은아는 끝내 전화를 받지 않았다. 희주는 혹시나 하는 마음에 은아에게 오랜만에 보고 싶다는 문자를 남겼다. 그 뒤로 꼬박 3주가 지나고 나서야 문자에 답장이 왔다.

　은아는 지금 어느 병원에서 건강을 회복하고 있다고 했다. 희주는 은아에게 무슨 병인지 차마 묻지 못했다. 희주는 은아가 병원에 있다는 말을 듣고 찾아가길 망설였다. 그러나 은아의 꼭 와주었으면 좋겠다는 문자에 용기를 얻어 선오와 함께 은아가 입원 중인 병원에 찾아온 것이었다.

　희주는 병원에 들어가서 주위를 둘러보았다. 은아가 있는 병동으로 어떻게 가면 되는 걸까. 왠지 이 장소가 낯이 익었다. 그때 누군가가 희주에게 말을 걸었다.

　"한희주 씨?"

　"어! 안녕하세요."

　희주는 그제야 이 병원이 왜 낯이 익었는지 깨달았다. 기억이 없어지는 것을 치료하기 위해 희주가 이 병원에 찾아온 적이 있었기 때문이었다.

　희주가 진료를 받았었던 조성환 정신과 의사는 임상 심리뿐

만 아니라 인지 치료 분야에서도 유명한 사람이었다. 흰 피부에
키가 훤칠한 조 선생은 날카로운 눈매를 가지고 있음에도 어딘
지 모르게 선한 느낌이 묻어났다. 그는 늘 부드러운 미소를 짓
고 있었는데 입가에 보조개가 있어 귀여운 인상까지 주는 사람
이었다.

"안녕하세요."

조 선생은 환한 미소를 지으며 희주에게 다가왔다. 선오는 입
까지 살짝 벌린 채 놀란 눈으로 조 선생을 쳐다보고 있었다.

"안녕하세요. 선생님 팬입니다."

선오가 달려가서 악수를 청했다. 조 선생은 당황한 듯했지만
이내 미소를 지으며 선오와 악수를 했다.

"선생님을 이렇게 뵙게 될 줄이야. 선생님 책 많이 읽었습니
다. 약물 치료 없이 특정 기억을 떠올리는 것만으로도 기억 감
퇴를 호전시킬 수 있다는 실험 결과를 보고 얼마나 놀랐던지요.
항상 존경하고 있습니다."

조 선생은 선오에게 운이 좋았다고 겸손을 떨었다. 그러고는
희주를 바라보며 물었다.

"희주 씨는 드문 케이스라 기억하고 있어요. 그때 일시적인
현상일 수 있으니 경과를 좀 더 보자고 했었는데 여전히 옛 기
억들이 떠오르지 않아서 다시 오신 건가요?"

"아, 오늘은 친구가 입원해 있다고 해서 찾아왔어요."

"이 병동에요? 제 담당 환자분일 수도 있겠네요. 이 병동에는 유독 제 담당 환자들이 많아서요."

조 선생이 가지고 있는 차트를 뒤적거리며 희주에게 물었다.

"아, 그런가요? 친구 이름이 송은아인데……."

"차트를 보니 제 환자분이 맞는 것 같네요. 오전에 회진을 돌았으니까 지금 보호자와 함께 계실 텐데……."

"아, 혹시 면회가 안 되는 건가요?"

"그럴 리가요. 이제 곧 퇴원하실 거예요. 친구분이셨구나."

조 선생은 희주와 선오를 보며 싱긋 웃더니 직접 은아의 병실 호수를 알려주었다.

"보통 기억력 감퇴는 스트레스가 원인인 경우가 가장 많아요. 희주 씨도 스트레스가 많은 것 같은데 친구 생각해서 여기까지 찾아오시다니, 정말 친한 분인가 보네요."

"아, 네. 많이 친해서요. 하하."

거짓말에 익숙하지 않은 희주는 어색하게 웃으며 선오를 쳐다보았다. 조 선생은 선오를 쳐다보면서도 희주에게 선오가 누구인지는 굳이 물어보지 않았다. 아마도 그런 질문을 하는 것이 희주에게 실례가 된다고 생각한 것 같았다.

"조금 있다 퇴원 전 마지막 진찰이 있는데요, 두 시간 정도 여유가 있으니 편하게 이야기 나누세요."

조 선생이 희주에게 눈을 찡긋했다.

"고맙습니다."

조 선생은 그런 희주를 보고 싱긋 미소를 짓더니 바쁜 걸음으로 자리에서 떠났다. 일이 많은데도 불구하고 희주를 보고 잠시 시간을 내준 것 같았다.

선오는 감동을 받은 듯한 표정으로 멀어지는 조 선생을 쳐다보다가 희주에게 물었다.

"조 선생님하고는 어떻게 친분이 있는 거예요?"

"선오 씨를 찾아가기 전에 치료를 위해서 여기저기 진료를 받아봤어요. 인지 치료 분야에서 제일 유명하시다고 해서 제가 한번 찾아뵀었죠. 그때 스트레스로 인한 일시적인 증상일 수 있으니 상태가 지속되면 다시 찾아와 달라고 하셨었어요. 그러다가 선오 씨 사무실을 알게 되서 혹시나 치료가 될까 하고 선오 씨를 찾아간 거였어요."

희주는 밑져야 본전으로 찾아간 것이라는 말을 간신히 참아냈다.

잠시 후 병실 앞에 도착한 희주는 은아의 병실을 망설이는 얼굴로 쳐다보았다.

"그렇다면, 한번 들어가 볼까요? 이왕 여기까지 용기를 내서 왔는데, 헛된 걸음으로 만들면 안 될 것 같네요."

선오가 격려하는 눈빛으로 희주를 보며 고개를 끄떡이자 희주는 "후." 하고 결의를 다진 후 조심스레 은아의 병실 문을 열었다.

"희주야!"

병실에는 은아와 어머니가 있었다. 은아는 허리에 쿠션을 두고 비스듬하게 앉아 있는 상태였다. 은아가 반갑게 희주에게 손을 내밀었다. 희주는 얼떨떨한 마음으로 은아의 손을 잡았다. 따뜻했다.

은아의 어머니는 놀랍게도 희주를 기억하고 있었다.

"세상에, 희주야 이렇게 많이 크다니. 어릴 때 본 이후로 정말 오랜만이구나. 아줌마 기억나니? 우리 집에도 자주 놀러 왔었잖아."

아주머니는 희주가 은아네 집에 놀러 오곤 했던 이야기를 거의 5분 넘게 했는데, 희주가 기억을 못 하는 것 같아 보이자 너무 오래되어 그럴 수 있다고 별거 아닌 듯 넘겨버렸다. 희주는 너무 아는 척 연기를 하지 않아도 되어서 내심 다행이라고 생각했다. 희주와 선오는 은아의 병실에 둘러앉았다.

"그렇지 않아도 얼마 전에 선생님을 찾아뵀어. 네 생각 많이 나더라. 보고 싶었어."

은아는 희주의 손을 잡고 놓질 않았다. 은아의 어머니는 옆에서 그런 모습을 뿌듯한 듯 바라보았다.

"그런데 누구……."

은아는 선오를 슬쩍 쳐다보면서 말했다.

"안녕하세요. 희주 씨 남자 친구예요. 희주 씨가 꼭 단짝 친구를 보여주고 싶다고 해서 같이 왔습니다."

"어머, 너무 반가워요."

은아는 진심으로 기뻐 보였다. 희주에게 슬쩍 "멋있으신데?" 하고 말하며 너스레를 떨었다.

잠시 후, 은아 어머니는 커피라도 사다 주겠다며 자리를 비워 주었다. 서로의 근황을 묻는 것을 끝으로 서로 무슨 말을 해야 할지 몰라서 둘 사이에 침묵이 맴돌았다. 망설이던 희주가 은아에게 조심스럽게 물었다.

"은아야, 혹시 어디가 아픈 건지 물어봐도 되니?"

은아는 마치 감기라도 걸린 양 아무렇지도 않게 대답했다.

"아, 그냥 신경 쇠약이야. 그냥 잠깐 쉬려는 꾀병이지, 뭐."

"다행이다."

희주는 안심했다. 괜히 아픈 사람을 귀찮게 하는 건 아닌지 걱정되었기 때문이었다. 희주는 어떻게 이야기를 꺼내야 할지 몰라 우물쭈물하다가 물었다.

"우리가 어떻게 친해졌었는지 혹시 기억나니?"

희주는 정말 오랜만에 만난 친구들이 나눌 만한 대화처럼 보이려고 노력했다. 은아는 그새 기억을 떠올려 보는 듯 짐짓 눈을 위로 굴려보고 있었다.

"음, 너랑 나랑 되게 친했던 건 기억이 나는데, 같이 학교도

가고, 집에도 놀러 가고. 집에서 같이 색칠 공부도 하고. 그런데 어떻게 친해진 거였지? 그거는 또 잘 기억이 안 나네."

"그렇구나."

둘은 그렇게 잠시 아무 말이 없었다. 선오는 무슨 말을 꺼낼지 고민하는 중이었다.

"사실, 나 요새 기억이 잘 안 나. 그래서 그런 것일 수도 있어. 고장이라도 난 기분이야."

은아가 먼저 희주에게 멋쩍게 웃으며 말했다. 희주는 은아의 말에 놀란 듯 말했다.

"무슨 기억이 안 나?"

"그냥, 기억들이 뒤죽박죽 섞여서 뭐가 뭔지 모르겠어. 그래도 다행인 건 그나마 남은 기억들이 다 좋은 기억들 같다는 거야. 무엇인가로 되게 힘들어했었던 것 같은데, 잘 기억이 안 나. 그냥 다 잊어버리고 싶다고 생각을 해서 그런가 봐."

희주는 그런 은아의 말을 걱정스럽게 들었다.

"사실 아까 널 봤을 때도 겨우 재밌었던 몇몇 일들만 기억이 나더라. 나쁜 일들을 모두 잊어버리고 싶다고 생각하고 푹 쉬니까 이렇게 되었나 봐."

희주는 불길하다는 듯한 시선으로 선오를 쳐다보고 말했다.

"언제부터 그런 거야?"

"잘 모르겠어. 그것도 기억이 안 나네. 하하. 희미하게 가끔 몇

몇 장면들이 기억나긴 하는데, 뭔가 뒤죽박죽이야. 엄마한텐 괜히 걱정 끼쳐드리는 것 같아 자세히는 말 못 하겠더라. 너한테 처음 말하는 거야. 어차피 말할 사람도 없고."

은아가 머쓱해하며 괜히 손가락을 이리저리 만져댔다. 희주는 선오를 다시 쳐다보았다. 뭔가 이상했다.

'조금 쉰다고 기억이 뒤죽박죽된다고?'

희주는 자신도 모르게 속마음이 튀어나올 뻔했다.

"사실, 나도 그래. 나도 그래서 여기 찾아왔었어. 이 병원."

"정말? 우리 진짜 커서도 비슷하다."

은아가 천진하게 웃었다. 희주는 자신도 기억이 더 사라지면 저렇게 천진해질까 하는 생각이 들자 왠지 조금 슬퍼졌다. 웃고 있는 은아가 슬퍼 보였다. 분명 웃고 있는데 이상했다. 희주는 무엇인가를 골똘히 생각하고 있는 선오를 힐끗 쳐다보고는 그가 어떤 말을 하기를 기다렸다.

'정말 기억을 볼 수 있다면, 은아의 기억도 볼 수 있을까? 혹시, 은아의 기억 속에도 '무엇'이 있는 것일까? 이 사람은 어떻게 반응할까?'

희주는 은아에게 물었다.

"은아야, 내가 그럴 때마다 선오 씨가 해주는 마사지가 있는데, 그거 받으면 머리가 훨씬 맑아져. 받아볼래?"

은아는 마사지라는 말에 눈을 반짝였다. 그러나 곧 친구의 남자 친구에게 마사지를 받는다는 것이 어색한 듯 망설이는 기색이었다.

"정말? 나 마사지 진짜 좋아하는데. 마사지 받으러 안 간 지 너무 오래됐어. 정말 제가 받아도 괜찮을까요?"

"네, 그럼요."

선오는 희주의 의도를 눈치채고는 자연스럽게 은아를 안심시키기 위해 원래 마사지 숍을 내려다 말았다는 둥 허세 가득한 말을 하며 그녀에게 다가갔다. 그리고 살포시 두 손을 은아의 머리 위에 올렸다.

깔끔한 은아의 모습과는 달리 은아의 도서관은 매우 지저분했다. 책들이 가지런히 꽂혀 있긴 했지만 어딘지 모르게 퉁퉁해 보였는데, 가까이 가서 보니 접혀 있는 페이지가 수두룩했다. 특정 페이지들이 접혀 있거나 찢겨 있었다. 누군가 일부러 그런 것이 분명했다.

선오는 그녀의 도서관을 돌아다니며 놀랐다. 대부분의 책들이 모두 비슷한 정도로 훼손되어 있었기 때문이었다. 바닥에는 찢겨 있는 페이지도 수두룩했고 몇몇 책들은 눈에 잘 띄지 않게 도서관 바닥에 가지런히 치워져 있었다. 마치 누군가가 고의로 책을 찢어버리고 안 보이는 곳에 밀어 넣으려고 한 것 같았다. 선오는 찢긴 몇몇 페이지들을 집어 들고 읽어보았다.

오늘도 탈락이다. 언제까지 나는 탈락한다는 문자만 볼까.

결국에는 또 영어 공부다. 이번에는 시험 성적 유효 기간이 만료되기 전까지 뭐라도 하고 있을 줄 알았는데. 나는 또 이번 주 내내 영어 공부를 해야 한다.

오늘은 밥을 한 끼 먹었다. 다이어트 된다고 좋아하는 것도 이제 지친다. 엄마한테 돈을 보내달라고 해야 하는데 걱정하실 것 같아 마음에 걸린다.

친구들을 만나기 싫다. 아니 만날 수가 없다. 내가 너무 초라해 보인다. 그냥 세상에 나 혼자 살 수 있는 나라가 있으면 좋겠다.

은아의 괴로운 기억들만 적힌 종이들을 보며 선오는 한참을 일어설 수가 없었다. 선오가 일어서서 주위를 둘러보니, 마치 하얀 모래사장 한가운데에 있는 것 같은 느낌이었다. 찢긴 종이들이 어느새 그의 발아래에 수북하게 나뒹굴고 있었다. 종이들이 서로 부딪치며 사라락 사라락 소리를 냈다. 황량한 도서관은 어디서 왔는지 모르는 공허함으로 가득 찬 느낌이었다. 도대체 누가 이런 짓을 한 것일까.

선오는 자신이 할 수 있는 한 접혀 있는 페이지를 제대로 펴고, 구겨진 종이들을 반듯하게 정리했다. 이미 찢어진 종이들을 다시 붙일 수는 없었지만 꾸겨진 페이지들을 최대한 펴서 책들을 가지런히 정리하기 시작했다. 이렇게라도 해야 마음이 편할 것 같았다. 이렇게 해야 조금이라도 돕는 기분이 들기 때문이었다. 선오는 책들을 정리하면서 생각했다. 누군가가 자신과 비슷한 능력을 가지고 있는 것이 틀림없다고.

✦˙

그가 눈을 떴을 때는 5분 정도가 지나 있었다. 그곳에서 50분이나 정리를 한 것이었다. 머리에 손만 얹고 있는 선오를 보며 '이게 마사지라고?' 하는 생각을 하는지 은아는 의아한 표정이었다. '아직 준비 동작인가?' 하고 한참을 기다리다 은아는 조심스레 눈을 떴다.

"저어, 혹시…… 저처럼 누가 이렇게 머리를 만지거나 한 적 없어요?"

"네? 아니요?"

선오는 희주를 쳐다보고는 고개를 끄떡였다. 희주는 대충 그가 하는 말의 의미를 알 것 같았다. 무엇인가 잘못된 것이 있다는 뜻인 것 같았다.

"지금 기분은 어때요?"

"아, 훨씬 상쾌하네요. 신기하다. 그냥 머리에 손을 올리고만 있는 줄 알았는데."

은아는 신기한 듯 자기 머리를 막 만져보았다. 희주가 기대하는 눈으로 은아를 바라보며 말했다.

"뭔가 기억나는 거 있어?"

"음⋯⋯."

은아는 잠시 생각에 잠겼다. 그러더니 점점 표정이 어두워지기 시작했다.

"얼마 전까지 신문사에서 인턴을 했었어. 지원서만 100번 넘게 썼었는데 거기 한 곳만 합격했었거든. 그런데 인턴이 끝날 때가 되니까 또 할 일이 없어지는 게 너무 무섭더라. 대학교는 꽤 좋은 곳을 졸업했는데. 친구들은 이미 대기업이니 공무원이니 하고 있는데 나는 지금 뭘 하고 있나, 이런 생각이 들더라고. 이런 생각이 들 때마다 다 잊고 싶어져서 너무 힘들었던 것 같아."

"지금도 이런 기억들이 모두 없어졌으면 좋겠어. 미안해. 내가 분위기 망쳤지?"

희주는 어느새 고개를 푹 숙이고 있는 은아를 안쓰럽게 쳐다보았다. 선오가 의자를 끌고 은아 근처에 다가와 앉았다.

"은아 씨, 저는 어릴 때부터 하도 친구들이 못살게 구는 바람에 고등학교 중퇴를 했어요. 겨우겨우 검정고시를 쳐서 대학에는 들어갔는데, 원하는 대학이 아니었어요."

은아는 그런 선오를 가만히 바라보았다. 희주는 놀란 듯 선오를 쳐다보았다. 누군가의 개인적인 이야기를 이렇게 대면하여 들은 적이 언제였는지 기억도 나지 않았다.

"한때 변호사가 되고 싶어서 사법 고시에 도전해 봤지만 결국 실패했죠. 어느새 내 인생이 실패했다는 생각이 들더라고요. 그런데 재밌는 건 나는 내가 실패했음에도 불구하고 어떻게든 살아가고 있다는 걸 알게 되었어요. 나는 내 삶이 실패했다고 생각하면서도 어느새 그냥 그렇게 살아가고 있더라고요. 실패하면 정말 큰일이라도 생길 줄 알았는데, 나는 또 다른 계획을 세우고 있더라고요."

희주는 그제야 선오가 사무실을 변호사 사무실처럼 꾸미고 양복을 입고 다니는 이유를 알게 되었다.

"합리화일 수 있겠지만 나는 그때 내가 변호사가 되지 않은 게 다행이라고 생각해요. 아마 난 변호사가 되었어도 지금 내가 하는 일을 하려고 했을 거예요."

선오가 살짝 희주를 쳐다보았다. 희주는 선오가 둘만이 아는 비밀을 말하는 것이라고 생각했다.

"나는 그냥…… 은아 씨가 겪는 이 기분들이 너무나 당연하다는 말을 하고 싶어요. 나는 왜 이 모양일까 자책도 하고, 왜 나는 그것밖에 못 했을까 하루에 수십 번씩 나 자신을 채찍질했었는데, 그럴수록 나만 더 가라앉더라고요. 그래서 그냥 뭐라도 한 거예요. 뭐라도 하다 보니 여기까지 왔고요. 은아 씨가 했던 모든 활동들이 전혀 쓸모없는 게 아니라는 거죠."

은아가 알 수 없는 표정을 지었다.

"억지로 기운 내려고 할 필요도 없고, 자책하지 말란 말도 아니에요. 기운이 없을 땐 푹 쉬는 거고, 자책도 뭐, 내가 하기 싫다고 안 하게 되는 것도 아니잖아요. 다만, 너무 그런 기분 속에 갇혀 지내지 말고 그다음은 '뭘 해볼까'를 생각해 보는 거예요. '어차피 이렇게 된 거'라는 생각으로 여러 길을 찾아 헤매다 보면 곧 헤쳐나가게 되더라고요. '아프니까 청춘이다' 혹은 '괜찮아 쉬어도 돼', 이런 뜻이 아니에요. 그냥 그렇게 살아가다 보면 그 속에서 내가 미처 생각지 못했던 어떤 '의미'를 찾게 될 수도 있다는 거죠."

은아는 고개를 푹 숙였다.

"어쩌면, 정말 어쩌면 이렇게 남들보다 힘들게 고생한 지금 은아 씨의 기억이 은아 씨에게 가장 알맞은 길을 찾는데 요긴하게 쓰일 날이 올지도 몰라요. 내가 그렇게 실패했어도 결국 어느 돌파구를 찾아 지금 이 앞에 있듯이요. 그때 실패했던 경험이 없었다면 나는 남들을 이렇게 이해할 수 없었을 거예요. 이미 일어난 일에 슬퍼하기보다 일어난 일을 어떻게 유리하게 사용할까 생각해 보는 거죠. 그러니까 실패했다는 생각에 묶여 있지 않았으면 좋겠어요. 은아 씨 인생이 성공인지 실패인지는 은아 씨가 결정하는 거니까요."

희주는 살짝 미소 지었다.

"이렇게 희주 씨나 제가 찾아온 것처럼 뜻밖의 기쁜 일이 갑자기 생길지도 모르잖아요."

그제야 은아가 살짝 웃었다.

"그리고 이건 제 비법인데요."

선오가 낮은 목소리로 은아와 희주의 주의를 끌더니 말했다.

"기분이 좋아지는 상상을 많이 해보세요. 자신을 스스로 세뇌하는 거죠. 뭐든 할 수 있다고 반복해서 생각하면 실제로 믿게 되니까요. 은아 씨 기억 속에 만들어진 책들에 그런 좋은 이야기들이 많이 적히면 은아 씨가 여러 일을 떠올릴 때 그런 좋은 기억들이 같이 생각나게 되는 거죠. 일종의 세뇌인 셈이에요."

선오는 자신이 들어가 봤던 여러 사람들의 기억 속 도서관을 생각하며 말했다. '나는 할 수 있어, 나는 할 수 있어.'라는 말을 반복할수록 정말 그런 일을 할 수 있는 능력이 있다고 어느새 믿게 된다. 일종의 플라세보 효과인 셈이다.

사람들은 자신의 머릿속에 있는 도서관에서 자신이 보고 싶은 책들만 골라 보는데, 같은 말을 반복해서 생각할수록 여러 책들에 그 말이 남게 되고 자연스레 반복해서 읽게 된다. 사람들은 자신이 스스로 한 말들조차도 실제 있었던 일로 믿어버리게 된다. 기억 속 책들이 언제, 어떤 이유로 만들어졌는지 세세하게 기억할 수 없기 때문이다. 그래서 사람들은 자신에게 좋은 말을 많이 할수록 자신이 정말 그런 힘을 가지고 있다고 믿고 행동하게 되며, 말하는 대로 원하는 것이 이루어지는 경험을 하게 된다. 그렇게 할 수 있다고 많이 생각할수록 정말 내게 그런 힘이 있다고 믿게 되어 자신감 있게 행동할 수 있다.

은아가 웃으며 말했다.

"엄청 시적으로 이야기하시네요."

은아의 표정이 밝아지는 것을 보니 희주도 마음이 조금은 놓였다.

"갑자기 뭐라도 막 하고 싶어."

은아가 의지를 다지며 말했다. 그때 어머니가 들어오시며 말했다.

"그렇다면 일단 커피가 필요하겠네."

어머니도 밝게 웃고 있었다.

어머니가 사 온 커피를 다 마실 때쯤 병실 문이 열렸다. 퇴원 전 마지막 검진을 위해 방문하겠다던 조 선생이 온 것이었다.

"왠지, 검진을 안 해도 건강함이 막 느껴지는데요?"

조 선생은 연신 까르르 웃는 은아를 보며 말했다. 그는 차트를 살펴보며 빠르게 은아의 여러 가지를 확인하는 듯했다.

"그래도 혹시 모르니 몇 가지만 확인할게요. 두 분은 잠깐 검진하는 동안 밖에서 기다려 주실 수 있을까요? 어머니는 잠시만 저랑 이야기하시죠. 퇴원 후 필요한 것에 대해서 말씀드릴 게 있습니다."

조 선생은 상냥하게 웃으며 선오와 희주를 바라보았다.

희주와 선오는 알겠다고 대답하고 조용히 병실 밖으로 나왔다. 병실 바로 앞에 푹신해 보이는 의자에 앉으니 마음이 편해졌다. 둘은 의자에서 검진이 끝나길 기다렸다.

"혹시 다시 기억이 떠오르거나 하는 건 없나요?"

선오가 희주에게 물었다.

"없어요. 은아도 사실 처음 보는 사람 같았어요. 그런데 왠지 진짜 친했던 친구가 맞는 것 같다는 생각이 들어요. 처음 보는 사람치고는 친근한 느낌이 많이 드는 것을 보니, 정말 친한 친구였던 것 같다는 생각이 드네요. 이것도 세뇌 효과일까요?"

"하하. 그럴지도 모르겠네요."

은아 어머니는 조 선생과 한참을 이야기하다가 병실에서 나왔다. 그리고는 희주와 선오 옆에 앉았다.

"은아가 근래 좀 힘들어하더니, 언제부턴가 옛날 좋았던 일들만 계속 이야기를 하기 시작하더구나. 어느 날 내 친구인 은아의 초등학교 선생님에게서 연락이 왔는데, 은아가 찾아와서 예전으로 돌아가고 싶다며 한참을 울었다고 하더라고. 내 앞에서는 항상 밝은 척을 하더니 말이야. 그 이야기를 들으니 내가 걱정이 되어서……. 너무 예전의 좋았던 시절에만 집착을 하는 것 같아 불안했단다. 사실 그래서 희주 너를 보고 싶다고 했을 때도 말렸었어. 괜히 과거에 집착하게 될까 봐 불안했었거든. 미안해. 이렇게 좋아할 줄 알았으면 진작 너를 부르는 건데…….”

은아의 어머니는 말꼬리를 흐리며 희주의 손을 잡았다. 선오는 이때다 싶어 은아의 선생님을 찾아온 이상한 남자에 대해서 물어보았다.

“혹시, 요즈음 은아 씨를 찾아온 다른 사람은 없었나요?”

“아뇨, 없었는데……. 무슨 일이 있나요?”

살짝 걱정스러워하는 은아 어머니의 표정을 보고 희주가 둘러댔다.

“얼마 전에 저도 선생님을 뵙고 왔는데 다른 친구들도 은아를 보고 싶어 한다는 이야기를 하셔서요. 누가 또 연락을 했나 했어요.”

은아의 어머니를 안심시킨 희주와 선오는 은아의 병실에서 조금 더 머물며 많은 이야기를 나누었다. 희주는 자신에게 기억을 잃어버릴 만한 어떤 사건이 있었는지 은아에게 물어보았다. 그렇지만 은아도 기억이 온전치 못했으므로 희주에게 무슨 일이 있었는지, 희주의 기억이 없어질 만한 사건이 있었는지 아무것도 기억하지 못했다.

희주와 은아는 둘 다 기억이 온전치 않아서 예전 이야기는 거의 나누지 못했고 최근 보는 예능 프로와 드라마에 관한 이야기, 좋아하는 연예인에 관한 이야기, 어떤 음식을 좋아하는지, 새로 나온 치킨을 먹어 봤는지 등의 대화를 나누었다. 누가 봐도 오랜 친구 같아 보였다.

오랜만에 많은 대화를 나누어서 그런지 처음 보았을 때보다 좀 피로해 보이던 은아는 퇴원하고 나서 또 연락하겠다며 희주와 선오에게 이제 그만 쉬고 싶다는 신호를 보냈다. 희주와 선오는 어쩔 수 없이 일단 여기서 돌아가기로 했다.

첫사랑에 대한 기억

토요일 아침, 희주는 예약된 시간에 맞추어 므네모스 사무실에 찾아갔다. 희주는 은아를 만난 이후에도 계속 기억이 사라지고 있었다. 희주는 어느새 중학교 2학년 때의 기억이 사라지기 시작했다.

선오는 '무엇'이 먹어버린 이전 기억을 다시 떠올릴 만한 일이 생기면, 기억이 사라지는 것을 멈출 수 있지 않을까 기대했다. 그래서 희주가 은아를 보면 옛 기억이 떠올라 어쩌면 증상을 멈출 수 있지 않을까 생각했다.

사람들은 자신도 모르게 중요하다고 생각하는 기억에 책갈피를 꽂아둔다. 선오는 사람들마다 다양한 이유로 책갈피를 꽂아놓는다는 것을 알고 있었다. 사람들은 너무 슬픈 기억, 너무 행복했던 기억, 남들이 겪어보지 않은 특별한 기억들에 책갈피를 꽂아놓는다. 선오는 어떤 강렬한 감정이 응집되어 책갈피가 만들어진다고 생각했다. 책갈피가 꽂혀 있는 기억들은 다른 기억들에 비해 더 잘 기억해 낼 수 있으며 잘 잊히지도 않았다.

누구나 어느 날 문득 예전 기억이 떠오르는 것을 경험해 본 적이 있을 것이다. 그건 바로 책갈피 때문인데, 책갈피를 살짝만 건드려도 특별하게 생각하는 기억들이 떠오르는 것이었다. 선오는 희주가 은아를 만남으로써 그 책갈피를 찾아낼 수 있을 거라고 생각했다. '무엇'이 먹어버린 책의 책갈피가 건드려진다면 '무엇'에게도 어떤 영향을 줄 수 있지 않을까 생각한 것이다. 그런데 아무런 영향을 주지 못한 것 같았다.

은아는 다행히 무사히 퇴원을 하고 집으로 돌아갔다고 했다. 은아는 희주에게 다시 한번 심기일전하여 원하는 것을 찾아보겠다고 자신 있게 말했다. 희주는 왠지 기분이 좋아졌다. 은아는 좋은 소식이 들리면 연락할 테니 조금만 기다려 달라고 부탁했다.

"은아 씨 머릿속은 누군가가 헤집어 놓은 것처럼 어수선해 보였어요. 누군가가 고의로 안 좋은 기억들을 빼내려고 한 것 같아요."

"그래서 병원에 있었던 걸까요?"

"그랬을 것 같아요. 은아 씨의 머릿속엔 '무엇' 같은 건 없었어요. 아니면 이미 사라져 버린 것일 수도 있죠. 어떻게, 왜 사라진 건진 모르겠지만요. 제가 일단은 조치를 해 은아 씨의 뒤죽박죽인 기억을 조금 정리하긴 했는데 얼마나 오래갈지 모르겠네요."

선오는 아쉬운 듯 책상을 손가락으로 툭툭 두드렸다.

"이제 어떡하죠? 은아를 만났는데 별 소득이 없었잖아요."

선오는 엉망인 은아의 기억 속을 떠올렸다. 다시 만나서 기억을 살펴본다고 해도 책들이 여기저기 찢겨 있어 내용을 온전히 파악할 수 없을 것 같았다. 또 찢긴 페이지를 일일이 찾아내 기억을 살려보려면 많은 시간이 걸릴 것이다. 어떻게 은아를 설득해야 기억 속을 오래 살펴볼 수 있을까. 무엇을 해야 할지 엄두가 잘 나지 않았다.

"그럼 은아 씨가 회복할 때까지 태준 씨를 한번 만나볼까요? 그때 얼핏 첫사랑이라고 하셨던 것 같은데."

희주는 살짝 얼굴을 붉히며 말했다.

"너무 예전 일이죠. 처음으로 제가 좋아했던 친구라고 기억하고 있어요. 왜 좋아하게 되었는지, 그때 어떤 생각으로 좋아했는지는 전혀 생각이 안 나지만요."

"그 뒤로 본 적 있어요?"

"아니요, 없어요. 너무 오래되어서 이름도 까먹고 있었어요.

그런데 누군가가 저에게 좋아했던 사람을 물어볼 때면 그 아이라고 대답했던 기억이 나요."

선오는 희주와 초등학교 졸업 앨범을 살펴보며 정태준이라는 학생을 찾아냈다. 그는 아직 젖살이 빠지지 않은 통통한 얼굴이었음에도 태닝을 한 듯한 깔끔한 피부에 뚜렷한 이목구비, 쌍꺼풀이 없는 큰 눈을 가지고 있어, 누가 봐도 인기가 많아 보이는 학생이었다.

친구들과 단체로 찍은 사진에서 복장이 단정하지 못한 친구들과 함께 있는 태준의 모습을 보고는 선오가 말했다.

"꽤 사고 많이 치고 다녔을 것 같은데요."

희주가 싱긋 웃으며 말했다.

"아닐 거예요. 일기장을 읽어보니 저랑 초등학교 5, 6학년 때 같은 반이었던 것 같더라고요. 불량해 보이는 친구들이랑 다니긴 했지만 나쁜 짓은 하지 않았던 것 같아요. 그렇게 일기장에 쓰여 있더라고요."

희주는 뜸을 들이며 말했다.

"그리고 한 가지 선명하게 기억나는 게 있어요."

선오는 눈을 반짝였다. 책갈피가 놓인 기억일 것이라고 생각했다.

"중학교 2학년 때 학원에서 수업이 끝나고 집에 가는 중이었어요. 그날 짐이 많아서 쇼핑백에 책들을 몇 권 담아서 들고 갔어요. 그때 누군가가 저를 툭 치고 지나갔는데, 그것 때문에 쇼핑백이 바닥에 떨어지며 책들이 쏟아졌어요. 제가 엄청 짜증스러운 눈빛으로 그 아이를 쳐다보았는데 그 친구가 바로 태준이였어요. 태준이는 아마 제가 누구인지도 잘 몰랐을 텐데 친절하게 "미안해, 다친 데 없어?"라고 물어봐 주었죠. 옆에는 불량한 학생들이 저를 깔보듯이 쳐다보고 있었는데도 말이죠. 그리고 책들을 제게 주워다 주었어요. 저는 부딪힌 아이가 태준이였다는 것을 깨닫고 너무 놀라 대답도 못 했던 기억이 나요."

"지금은 무엇을 하며 살고 있을까요?"

"그러게요. 저도 궁금하네요."

희주는 옛 생각에 잠겼는지 눈빛이 아득해졌다. 선오가 보기에는 좋은 징조인 것 같았다. 예전 일을 잊지 않고 기억하고 싶어 하는 마음이 '무엇'을 무찌르는 데 좋은 영향을 줄 수 있을 것 같았기 때문이다.

"저도 한번 찾아볼게요. 희주 씨도 한번 태준 씨를 만나볼 수 있도록 준비해 봐요."

"네, 알겠어요."

희주는 왠지 뭉글뭉글한 기분이 들었다. 그를 만나고 싶으면서도 한편으로는 자신이 기대하는 모습으로 살고 있지 않을까 봐 만나고 싶지 않은 마음도 들었다.

레스토랑에는 사람들이 이미 바글바글했다. 태닝을 한 것처럼 건강한 갈색빛 피부를 가진 태준은 짙은 눈썹과 쌍꺼풀 없는 눈이 매력적인 청년이었다. 어릴 때보다 갸름해진 턱선을 제외하고 깔끔한 이목구비는 여전했다.

태준은 자신이 예약한 자리를 쉽게 찾을 수 있었다. 그 자리만 맞은편 자리가 비어 있었기 때문이었다. 태준은 고급스러운 양복을 입고 자리에 앉아 누군가를 기다렸다. 곧 누군가가 그에게 다가왔다. 태준은 그 사람을 올려다보았다.

"정태준 씨?"

태준은 일어나서 정중히 인사를 했다.

"네, 제가 정태준입니다."

상대는 작은 얼굴에 커다란 눈망울이 매력적인 여자였다.

'스튜어디스라고 했던가?'

태준은 요새 너무 많은 소개팅을 해서 여자의 직업도 헷갈렸다.

"실물이 훨씬 미남이시네요."

"아닙니다."

여자는 빈말인지 칭찬인지 모를 말을 남겼다. 태준은 괜히 머쓱해져 물을 한잔 마셨다. 그들은 미리 태준이 생각해 둔 메뉴를 주문하고 어색한 대화를 이어나갔다. 태준은 이 레스토랑에서 이번 달에만 벌써 세 번째로 소개팅을 하는 중이었다. 앞의 여자는 그 사실을 모를 것이었다.

"취미가 뭐예요?"

여자가 물었다.

"저는 운동하는 거 좋아합니다. 여름이 되면 서핑을 하기도 해요. 운동은 두루두루 좋아하는 편입니다."

태준은 술하게 대답했던 내용대로 술술 이야기했다. 매번 레퍼토리가 똑같다. 취미가 무엇인지, 집에서 보통 쉴 때 뭐 하는지, 음식은 어떤 것을 좋아하는지, 영화는 어떤 장르를 좋아하는지. 그런 물음에 이전 소개팅에서와 같은 대답을 하고 있던 태준은 슬슬 지루해지기 시작했다.

태준이 이 레스토랑을 좋아하는 이유는 식사가 끝나면 커피까지 나오기 때문이었다. 그래서 굳이 커피를 마시러 다른 곳을 갈 필요가 없다. 마음에 들면 맥주를 마시러 가고, 그렇지 않으면 여기서 끝내면 된다.

✦.✦

"덕분에 즐거운 저녁 보냈어요."

식사를 마치고, 커피까지 마신 후, 여자가 말했다.

"그렇게 말씀해 주시니 감사합니다. 역까지 모셔다드릴게요."

태준은 그녀를 차에 태워 근처 역 앞에서 내려주었다.

"조심히 들어가세요. 저도 즐거웠습니다."

태준은 그녀를 그렇게 차에서 배웅하고 집으로 돌아가기 시작했다. 그녀는 예뻤다. 태준의 이상형에 가까운 외모인 데다가 밝고 긍정적이고, 빠지는 게 없었다. 그런데 왜 태준은 공허한 마음이 드는지 알 수가 없었다. 여러 좋은 여자들과 소개팅을 했는데 왜 마음에 꽂히는 사람이 없을까. 그녀도 같은 느낌을 받았을까. 태준은 그녀가 마음에 들지 않는 것은 아니었으나 먼저 연락은 하지 말아야겠다고 생각했다.

무엇이 문제인지 모르겠다. 어쩌면 연애를 그렇게 하고 싶어 하지 않는 것일지도 모르겠다. 혼자 있는 것이 외롭진 않았다. 그런데도 소개팅을 끝내고 집에 돌아갈 때 왜 공허한 기분이 드는 건지 의아했다. 태준은 함께하고 싶은 사람을 만날 수 있을 것 같다는 기대 때문에 오히려 공허한 느낌을 받는 것 같다고 생각했다.

+·+

선오와 희주는 토요일 오전 므네모스에서 만나 선오가 가져온 정보들을 공유하고 있었다.

"정태준 씨는 검사예요. 서울 중앙 지방 검찰청에서 근무하고 있어요."

"검사요? 되게 의외다. 공부도 잘했나 보네요. 어떻게 알아낸 거예요? SNS나 블로그, 구글을 다 뒤져도 못 찾았는데."

"제 고객 중에 경찰분이 있는데, 그분한테 사람을 어떻게 찾아야 하는 건지 조언을 구했거든요. 정태준이라는 이름을 듣더니 어디서 들어본 이름 같다고 하시더라고요. 지인 중에 변호사가 있는데 그분이 주변에 사기 캐릭터가 있다고 이분을 언급한 적이 있다는 거 있죠."

"아직도 미모는 여전한가 보네요."

"그래서 법조인 명부를 검색해 보았죠. 초등학교 앨범에서 봤던 모습과 비슷하더라고요."

희주는 선오가 캡처한 태준의 검사 프로필 사진을 바라보았다. 희주가 기억하는 예전 모습이 보였다. 희주는 괜스레 마음이 떨렸다. 희주는 이 떨림이 기억을 되살릴 수 있을지 모른다는 기대감 때문인지 태준을 다시 만날 수 있다는 생각 때문인지 알 수 없었다.

선오와 희주는 서울 중앙 지방 검찰청에 전화를 걸어 며칠 만에 태준과 간신히 연락이 닿았다. 태준은 회의, 외근, 출장 등 여러 이유로 자리에 없는 일이 많았는데 희주가 남긴 메모를 보고 연락을 해왔다.

역시나 태준은 희주를 잘 기억하지 못했다. 태준은 처음에 소개팅에서 만난 여자인 줄 알고 쪽지를 그냥 버리려다가, 초등학교 이름을 남긴 게 이상하여 연락한 거라고 했다.

희주가 초등학교 때 같은 반 친구였다고 이야기하니 그제야 "맨날 안경 끼고 단발머리로 다녔던 여자애?" 하며 희주를 기억해 냈다. 태준은 갑자기 희주가 보자고 해서 당황하긴 했지만 동창회를 열어볼까 한다는 제안에는 솔깃해하는 것 같았다. 선오는 그가 아마도 미혼이지 않을까 짐작했다.

태준은 희주와 만나기로 한 카페에 미리 와 있었다. 태준은 희주 옆에 있는 선오를 보고 얼굴이 조금 편안해졌다. 태준은 희주와 단둘이 마주하는 것이 어색할까 봐 걱정한 것 같았다. 또 아주 만일이지만 혹시나 희주에게 원치 않는 대시를 받을까 봐 고민했었던 모양이었다.

태준이 일어서서 그들을 맞았다.

"안녕, 오랜만이다."

태준은 사진보다 더 훤칠해 보이는 미남이었다. 희주는 살짝 얼굴을 붉히며 인사했다.

"갑자기 연락해서 놀랐어. 훨씬 좋아 보인다."

태준이 반가움을 담아서 희주에게 말했다.

"너도 여전히 멋있구나."

"하하. 여전히라니. 예전엔 찐따였지, 뭐."

태준은 선오를 쳐다보면서 말했다.

"혹시…… 같은 반 친구였나?"

"아니요, 반갑습니다. 희주 씨 남자 친구예요. 희주가 동창회를 열고 싶어 하는데, 잘생긴 남자분을 만난다고 해서 걱정이 되더라고요. 그래서 같이 가자고 졸랐습니다."

선오가 넉살 좋게 이야기했다. 태준은 살짝 당황했지만, 크게 상관하진 않는 것 같았다. 희주는 어떻게든 선오가 태준의 기억을 볼 수 있는 자리를 만들어야 했다. 아무래도 전문가와 있을 때 희주의 기억을 되돌릴 만한 이야기들을 끄집어낼 수 있을 것 같았기 때문이었다. 희주는 계획하지도 않은 동창회 이야기를 하다가 예전 이야기로 넘어가려고 했다.

"어떻게 나한테 연락할 생각을 했어?"

"아, 그게……."

태준이 아이스 아메리카노를 한 모금 마시며 희주와 선오를 번갈아 쳐다보았다.

"제가 소송할 일이 있었는데, 변호사분이 태준 씨 이야기를 하더라고요. 잘생긴 검사님이 있다고요. 그래서 희주한테 이야기했는데 초등학교 동창인 것 같다고 하더라고요. 얼마나 놀랐는지……."

선오가 능청스럽게 연기했다. 다행히 태준은 일 이야기를 하기 싫은지 어떤 소송인지, 변호사가 누군지 꼬치꼬치 물어보지 않았다. 아니면, 이런 일이 많았는지도 모른다.

"아, 정말요?"

태준은 살짝 쑥스러운 듯 웃으며 아이스 아메리카노를 한 모금 더 마셨다.

"중학교 때 친구들 기억나? 동창회를 열려고 하는데 누구를 부르면 좋을까?"

희주가 겨우 타이밍을 잡고 이야기를 꺼냈다. 태준은 시계를 연신 쳐다보면서 말했다.

"몇몇 사람들은 기억나긴 하는데. 혹시 친구들 모으기가 어려워서 그러는 거면, 나도 요새 골치 아픈 사건을 맡아서 당분간 시간을 내긴 어려울 것 같아. 미안하다. 나랑 좀 친했던 애들 몇 명한테는 내가 연락해 볼게."

희주는 걱정스러운 얼굴로 선오를 쳐다보았다.

"그러면 사건이 해결되면 함께 동창회를 추진해 주실 수 있는 건가요?"

"지금 연락이 닿는 친구가 너밖에 없어서……."

희주도 태준을 설득하는 데 적극적으로 참여했다.

"네? 아, 네. 그럼요. 저도 오랜만에 예전 친구들 보고 싶네요."

태준이 별일 아니라는 듯 대답했다. 태준은 오랜만에 그 시절 친구들이 보고 싶기도 했다.

"맡은 일은 언제쯤 끝날 것 같아?"

희주가 조심스럽게 물었다.

"모르겠어, 아직 수사 단계라서. 지금으로써는 언제 끝난다고 말해주기가 어렵다."

"혹시 저희가 도와드릴 건 없을까요?"

태준은 선오를 어리둥절하게 쳐다보았다.

"네?"

"아, 그러니까……."

희주가 선오에게 눈짓을 하며 말했다.

"선오 씨가 그, 범죄자들 심리를 살펴보는 그런 거 하거든."

"아, 네. 제가 프로파일링도 좀 합니다."

선오가 명함을 꺼내 태준에게 건넸다. 태준은 "므네모스 기억력 치료소"라고 적힌 명함을 보고 고개를 갸우뚱했다.

"마침 이쪽 분야 관련해서 이미 전문가를 섭외해 놓았는데, 아시는 분일까요?"

태준이 신기하다는 듯이 명함을 앞뒤로 살펴보며 말하자 희주가 물었다.

"누구를 섭외했는데?"

"조성환 선생님이라고, 인지 치료 관련해서 유명하신 분이 있어. 용의자한테 뇌파 검사를 처음으로 시도해 보려고 하는 중이거든."

"조 선생님?"

"아는 분이야?"

선오와 희주는 서로를 쳐다보았다. 태준은 기뻐하며 말했다.

"잘됐다. 그렇지 않아도 처음 시도해 보는 거라 긴장을 많이 하고 있었는데, 아는 분이면 도와줄 수 있어? 내가 그분을 잘 몰라서 이것저것 부탁드릴 때 좀 거들어 주면 좋겠는데……."

선오가 자신만만한 얼굴로 의미심장한 미소를 지으며 대답했다.

"물론이죠. 도와드릴게요."

그다음 주 토요일, 태준은 희주와 선오를 데리고 조 선생을 찾아갔다. 조 선생은 무척 바빠 보였는데, 조 선생도 수사에 협조하는 것은 처음이라 이것저것 많이 준비하고 있는 모양이었다. 태준은 조 선생에게 선오도 인지 치료사로서 수사에 같이 협조하게 되었다고 말했다.

조 선생은 놀라면서도 매우 기뻐하며 말했다.

"선오 씨가 이쪽 분야에 일하시는 분인 줄 몰랐습니다. 인지 치료사셨군요. 그래서 그때 저를 알아보신 거였구나. 더욱 반갑게 느껴지네요."

조 선생은 선오가 내민 명함을 받고 므네모스가 인지 치료를 하는 곳이라고 생각한 모양이었다. 조 선생은 선오가 본인과 같은 분야에서 고생하고 있다고 생각해서인지 격려의 의미로 선오의 어깨를 힘 있게 도닥였다.

태준이 용의자를 데리러 간 사이, 조 선생은 희주와 선오를 병원 안쪽에 마련된 연구실로 안내했다.

"정 검사님이 희주 씨 친구분이었다니, 저도 이런 일이 처음이라 긴장하고 있었는데, 의지를 좀 많이 해야겠네요."

조 선생은 희주에게 부드럽게 웃어 보였다.

"인지 치료가 범행 검거와 어떤 관련이 있는 건지 사실, 감이 잘 안 와요."

연구실로 이동하는 도중에 선오가 물었다.

"하하. 그렇게 널리 알려진 분야는 아니죠. 그렇지만 최근에 많은 관심을 받고는 있습니다. 범인을 검거할 때 가장 중요한 것은 증거죠. 얼마나 확실한 증거를 확보하느냐가 관건인데 요새는 범인들이 머리가 좋아져서 쉽게 증거를 남기지 않아요. 그렇다면 우리는 목격자나 범인들의 증언들로 최대한 신빙성 있는 증거를 찾아내도록 노력해야겠죠. 그런 노력의 일환으로 인지 과학이 활용되고 있다고 보시면 됩니다."

조 선생은 연구실로 희주와 선오를 안내하고는 깨끗하게 반짝거리는 컵들을 어딘가에서 꺼내와 구석에 처박혀 있던 커피 머신을 이용해 캡슐 커피를 내렸다.

3 — 첫사랑에 대한 기억

조 선생이 희주와 선오에게 커피를 대접하며 말했다.

"아시다시피, 인간의 기억은 조작될 수 있습니다."

희주가 커피를 한 모금 마시려다 말고 놀라서 쳐다보자 조 선생이 빠르게 말을 정정했다.

"정말 누군가가 개입해서 기억이 조작된다기보다는 본인 스스로 기억에 의해 조작되는 거죠. 최근 여러 연구에서 목격자나 범죄자의 진술과 실제 사실이 생각보다 많이 다르다는 것이 밝혀지고 있어요. 바로 '디지털 포렌식'이라는 방법 덕분이죠. 디지털 포렌식은 전자 기록을 통해 사건을 수사하는 기법을 말합니다."

조 선생이 말하는 동안 선오는 디지털 포렌식이라는 단어를 핸드폰으로 검색해 보았다. 조 선생은 그런 선오를 흐뭇하게 바라보았다.

"전자로 남긴 기록들, 예를 들어 문자 기록이나 SNS 메시지 기록 등이 본인이 기억하고 진술한 사실과 꽤 많이 다르다는 것이 밝혀지고 있어요. 즉, 내가 의도하지 않아도 기억이 잘못될 수 있다는 거죠. 심지어 진술했던 것과 명백히 다른 전자 기록을 들이밀어도 실제 사실을 부정하는 사람도 있어요."

"세상에, 어떻게 기억이 왜곡되는 거죠? 왜 기억을 제대로 못하는 걸까요."

"희주 씨가 궁금해하는 바로 그 부분을 저를 비롯한 여러 학자들이 연구하고 있어요. 우리가 어쩌면 정말 내가 보고 싶은 것만 보고, 내가 듣고 싶은 것만 듣는 그런 이기적인 인지 구조를 가지고 있기 때문일지도 모르죠."

조 선생은 본인이 가져온 커피를 입에 대지도 않은 채 말했다.

"그렇다면 이번에 우리는 어떻게 범인 검거에 도움을 줄 수 있는 건가요?"

선오가 핸드폰에서 시선을 옮겨 조 선생을 쳐다보고 물었다.

"인지 신경 과학을 형사법에 활용하는 신경 법학은 생각보다 오래된 분야예요. 정확한 증언을 확보하기 위해 사람의 기억을 왜곡시키는 사회적 요인들을 분석하기도 하고요. 거짓말 탐지기와 비슷하게 거짓을 말하는 사람의 변화를 연구하기도 합니다. MRI를 활용해, 거짓말을 하면 변화하는 생리학적 변화를 연구하기도 하죠. 외국에서는 범죄의 증거를 확보하기 위해 신경 법학을 활용하는 것뿐만 아니라, 피해자들의 피해 정도를 가늠하는 용도로 활용하기도 합니다. 피해자들도 자신의 피해를 부풀리곤 하니까요. 심지어 뇌의 기억 능력을 향상시키는 약물을 개발하기도 한다더라고요."

조 선생은 최근 구입한 듯 반짝거리는 기계를 가리키며 뿌듯한 목소리로 말했다.

"오늘 우리가 해야 할 일은 이 뇌파 측정기를 통해 참, 거짓 반응을 살펴보는 거예요. 정 검사님 말로는 용의자로 지목된 사람의 증언을 거짓말 탐지기로 확인해 보았는데 범행을 저지르지 않았다고 하는 답변이 참으로 나왔다고 하네요. 그래서 더 정확한 뇌파 검사를 활용해 그가 거짓말을 하고 있는 건 아닌지 알아내려는 거죠."

선오는 어디서 들어본 적이 있다는 듯이 말했다.

"그러고 보니 우리나라에서 뇌파 검사가 증거로 사용된 적 있다는 이야기를 얼핏 들어본 적 있는 것 같아요."

"역시, 잘 알고 계시네요. 실제로 우리나라에서도 2005년도에 뇌파 분석을 증거로 인정한 첫 사례가 등장했죠. 보험금을 노리고 딸을 살해한 어머니를 검거한 사건인데요. 어머니가 범행 하루 전 보험에 가입한 정황이 있어 의심이 가는 상황이었어요. 여러 종류의 과자와 음료수를 어머니에게 보여주며 뇌파를 측정한 결과 독극물이 들어 있었던 특정 음료수를 보았을 때 급격한 뇌파 변화가 있었다고 해요. 뇌파 검사 결과가 결정적인 역할을 해서 피의자가 구속된 첫 사건이었죠. 또, 법원에서도 뇌파 검사 결과를 증거로 인정한 첫 사례였고요."

위잉.

조 선생은 진동하는 휴대폰을 확인하더니 선오와 희주에게 말했다.

"용의자가 왔나 봅니다. 함께 가보실까요."

조 선생과 선오는 태준과 함께 용의자를 만나러, 특별히 조사를 위해 마련된 병실 앞으로 안내되었다. 이곳은 원래 창고로 쓰이던 곳인데, 다른 병실들이 꽉 차 있어 어쩔 수 없이 병실로 급하게 개조했다고 했다. 희주는 전문가가 아니었기 때문에 동행하지는 못했고 대기실에서 선오를 기다리기로 했다.

태준은 아무런 표정이 없는 용의자를 병실로 데려왔다. 별다른 저항은 없어 보였다. 아마 뇌파 검사의 신빙성을 크게 믿지 않는 것 같았다. 경찰 두 명이 태준과 함께 뇌파 검사에 참여했다. 태준은 용의자를 병실에 마련된 편안해 보이는 의자에 앉혔다. 경찰 두 명은 문 쪽에 밀착해서 있는 듯 없는 듯 대기했다. 혹시 용의자가 난동을 피우거나 도망칠 경우를 대비한 것이었다.

태준은 용의자에게 태블릿을 하나 건넸다. 그리고 이제 뇌파 검사를 위한 준비가 되었다고 생각했는지 문밖에서 대기하고 있는 조 선생을 만나기 위해 방을 나섰다.

"준비는 다 되었습니다. 이제 시작하시면 됩니다."

"제가 요청한 사진들은 준비해 오신 거죠?"

조 선생이 묻자 태준은 자신의 핸드폰을 내밀어 조 선생이 요청한 사진을 보여주었다. 핸드폰의 사진들을 유심히 관찰한 조 선생은 흡족한 미소를 지으며 이 정도면 됐다고 이야기했다.

"잘 부탁합니다, 선생님. 그리고 선오 씨."

태준이 긴장된 목소리로 조 선생과 선오에게 말했다.

"걱정 마세요. 시작해 볼까요?"

조 선생은 용의자가 대기하고 있는 방에 들어가 뇌파 검사에 대해 간단히 설명해 준 후 머리에 센서를 붙이겠다고 말했다. 선오는 용의자의 머리에 조 선생이 준비해 온 뇌파 센서를 붙였다. 그동안 조 선생은 용의자의 상태를 간단히 체크했다. 머리에 열도 재보고, 혹시 뇌 질환이 있었는지, 수술받은 적은 있는지 등 간단한 확인을 했다. 그렇게 뇌파 검사에 대한 사전 준비를 마치고, 조 선생은 태준에게서 건네받은 무전기가 잘 작동하는지 확인한 후 선오와 함께 옆방의 연구실로 향했다.

연구실에 들어오자마자 선오가 궁금했는데 참느라 힘들었다는 듯 조 선생에게 물었다.

"그런데 무슨 사건이길래 뇌파 검사까지 하는 거예요?"

"강도 사건이라고 들었어요. 용의자가 편의점에 칼을 들고 가 편의점 아르바이트생들에게 돈을 내놓으라고 협박을 했나 봅니다. 용의자가 거주하는 특정 지역의 여러 편의점들이 피해를 입은 모양이더라고요. 거액의 금액을 뺏기진 않았지만 아르바이트생 중에 트라우마 증상을 보이는 분도 생겼죠. 그분도 제 담당 환자입니다."

조 선생이 기계와 뇌파 센서가 잘 연결되어 있는지 확인하기 위해 컴퓨터 화면을 계속 응시한 채 말했다.

"목격자들의 진술, 용의자가 무직이고 돈이 궁한 상황이라는 정황 그리고 CCTV 영상과 범인 검거를 위해 현장에 투입된 경찰들의 증언들을 종합해 용의자를 검거했어요. 그런데 강력하게 혐의를 부인하나 봐요. 다 정황 증거뿐이라서 쉽게 혐의를 인정하지 않는 것 같더라고요. 용의자의 죄를 입증할 증거로 이번 뇌파 증거를 활용하게 될 거예요."

선오는 갑자기 뇌파 검사 결과가 궁금해졌다. 정말 뇌파가 범행과 관련된 어떤 자극에 반응을 할까? 정말 이 증거가 용의자의 범죄를 입증할 증거로써 활용될 수 있을까?

실험은 이랬다. 용의자 채우진을 앉혀놓고 여러 사진을 보여준다. 사건과 전혀 관련 없는 풍경 사진, 건물 사진, 거리 사진들을 보여주다가 강도 사건이 있었던 편의점 사진들을 섞어놓는 것이었다. 강도 사건이 일어난 편의점에서 뇌파가 반응하면 그곳에서 그가 무엇인가 평소와 다른 행동을 했다는 것이리라. 사람의 사진으로도 똑같은 실험을 진행했다. 사건과 관계없는 인물들 속에 피해자 사진 등을 섞어놓았다.

뇌파를 측정하는 조 선생과 선오는 어떤 사진들을 용의자에게 보여주고 있는지 모르는 채 태준이 무전기로 사진 1번, 사진 2번 등등 번호를 알려주면 사진 번호별로 뇌파를 측정하기로 했다. 실험이 시작되었다.

"사진 1번입니다."

차분하게 말한 태준은 용의자가 찬찬히 사진을 보도록 두었다. 그리고 약 20초 정도 지나자 다음 사진으로 넘어갔다. 그렇게 사진 2번, 사진 3번 사진 4번이 차례로 넘어갔다.

"사진 8번입니다."

조 선생과 선오가 사진 8번에 대한 뇌파를 측정하는 중이었다.

"어? 반응이 있어요."

여태까지 별다른 변화가 없던 뇌파가 8번 사진에서 반응하자, 조금 지루하다고 느끼고 있던 선오가 자기도 모르게 외쳤다. 조 선생은 뇌파의 움직임을 확인하면서 표시해 두었고 선오도 몇 시, 몇 분, 몇 번 사진에 반응했는지 차트에 기록했다. 8번 사진 이후 나머지 사진들에는 아무런 뇌파 반응이 없었다.

두 번째 실험이 시작되었다. 얼굴 사진에서는 좀 더 다양한 변화가 있었다. 사진 1번, 5번, 9번에서 같은 반응이 있었던 것이다. 뇌파 측정을 마치고 선오가 기계를 정리하는 동안 조 선생이 피의자 머리에 붙인 측정기들을 떼어냈다.

✦.✦

태준은 용의자를 경찰차에 이송하는 것을 지켜본 후 뇌파 분석에 대한 의미를 찾기 위해 연구실에 돌아왔다. 먼저 건물 사진들에 대한 분석이 시작되었다.

"사진 8번은 용의자가 검거된 편의점입니다. 여기에서만 뇌파 변화가 나타난 것은 여기서 검거된 것이 꽤 충격으로 남아 있었기 때문일 것이라고 생각됩니다."

조 선생이 말했다.

"그런데 왜 강도 사건이 일어난 다른 편의점에서는 뇌파가 반응하지 않은 것일까요?"

태준이 질문하자 조 선생이 짐짓 심각한 얼굴로 말했다.

"다른 편의점에서의 기억이 용의자에게는 특별한 것이 아니었다고 해석할 수도 있겠죠."

태준이 작게 혼잣말을 했다.

"사이코패스?"

"아직은 무엇인가를 단정하기엔 이릅니다. 다른 검사 결과도 함께 보시죠."

조 선생은 인물 사진들로 한 검사 결과를 보여주었다.

"그럼, 얼굴 사진들로 진행한 검사 결과는 어떻게 해석해야 할까요? 1번 사진은 사건과 무관한 여성 사진, 5번 사진은 피해자 사진, 9번 사진은 역시 사건과 무관한 성인 남자의 사진인데요. 일관성이 없어요."

조 선생은 그것도 별것 아니라는 듯 말했다.

"먼저, 이 사람들 중에 피해자와 인상착의가 비슷한 사람이 있는지 살펴보아야겠죠. 얼굴이 자세히 기억나진 않을 테니까요. 5번 피해자 사진에 반응이 있었던 것은 사건 당시 그 피해자의 얼굴이 기억에 남았기 때문일 수도 있겠죠. 사건 파일을 보니 검거된 편의점의 피해자 사진이네요. 이 부분은 추가 설명이 없어도 되겠지요. 용의자를 검거한 경찰 역시 성인 남자이지 않았나요? 성인 남자의 사진에 반응한 것은 경찰에 잡힐 당시 공포감이 반영된 것일 수도 있어요."

"하지만 다른 편의점 피해자들한테는 반응이 없었어요. 7번도 그렇고 10번도 그래요."

"네, 5번 사진에만 유독 반응한 이유를 생각해 보아야겠네요."

태준은 난감한 표정이었다.

"하지만 너무 신빙성이 떨어져요. 혐의를 인정할 만한 자료로 쓰기에는 너무 여러 해석이 가능하고……. 어쩌죠."

"시간을 두고 한 번 더 검사를 해보도록 하죠. 외부 요인이 검사에 영향을 미쳤을 수도 있으니까요."

태준은 조 선생의 권고에 따라 일주일 뒤에 한 번 더 뇌파 검사를 해보기로 했다. 그는 원래 뇌파 실험이 다 이런 건가 하는 생각으로 연신 고개를 갸우뚱거리며 검찰청으로 돌아갔다.

✦⁺

첫 뇌파 검사 이후 일주일이 지난 토요일, 희주와 선오는 두 번째 뇌파 검사를 위해 조 선생의 연구실로 향하고 있었다. 태준이 선오에게 2차 뇌파 검사도 도와줄 수 있냐고 부탁을 해온 것이다. 검사 결과에 대한 불만이 생길 경우 선오가 있어야 조 선생과 좀 더 편하게 이야기를 나눌 수 있지 않을까 하는 기대에서였다. 선오도 같은 이유로 희주와 함께 방문하고 싶다고 태준을 설득했다. 자기도 태준과 일하려면 희주가 중간에 있어 주는 게 편하다는 것이었다.

"다시 생각해도 너무 이상해요. 혹시 그 사람, 안면 인식 장애 아닐까요?"

일주일 전 진행했던 첫 번째 뇌파 검사를 떠올리며 희주가 고개를 갸웃거렸다.

"아무 사진이나 다 반응하네요."

"아니죠. 용의자가 검거된 편의점과 그 편의점의 피해자한테는 정확히 반응했어요."

희주는 자신이 판사라면 뇌파를 증거로 채택하지 않을 것 같다는 생각을 하고 있었다. 희주는 선오가 운전하고 있는 동안 계속 뇌파 검사에 관한 자료를 핸드폰으로 검색해 보며 말했다.

"혹시 기계가 고장 난 건 아니에요?"

"조 선생님이 기계는 구해온 지 얼마 안 되었다고 했잖아요. 기계가 문제일 것 같지는 않은데요?"

선오의 대답에 희주는 고개를 절레절레 저으며 말했다.

"제가 봤을 때는 그 기계가 이상한 것 같아요. 선오 씨는 연구실에 들어가 있어서 못 들었겠지만 그 용의자라는 사람, 제가 있는 대기실 밖에서도 다 들리게 계속 자기는 안 그랬다고 화를 내고 있었어요."

"내가 그랬다고 하는 범인이 어디 있겠어요."

선오는 왠지 자기도 모르게 뇌파 검사를 변호하고 있는 듯한 이상한 기분이 들었다. 그러면서도 선오 역시 뇌파 검사 결과에 대한 찝찝한 기분을 지울 수가 없었다.

둘은 어느새 병원 앞에 도착했다. 선오는 오늘은 이 찝찝한 기분이 사라질 만한 결과가 나왔으면 하는 마음으로 조 선생의 연구실을 찾아갔다.

"네? 자백했다고요?"

"네, 이제 부인하는 것도 지쳤나 보죠."

조 선생은 생각보다 얼굴이 어두워 보였다. 뇌파 검사 결과가 신빙성이 있어야 한다는 부담도 덜었을 텐데 왜 더 속상해 보이는 걸까?

"오늘 그럼 뇌파 검사도 취소되었나요?"

"아, 뇌파 검사는 이미 정 검사님이 진행하는 것으로 보고를 드렸기 때문에 일단은 진행하기로 했어요. 뇌파 검사 결과는 용의자의 자백에 신빙성을 더해주는 용도로 사용될 것 같아요."

선오는 의아함을 느꼈다. 범인은 마스크와 모자를 써 얼굴을 가리고 있었다. CCTV에 모습이 찍히긴 했으나 찍힌 모습이 너무도 흔한 검은색 재킷에 바지, 검은색 티셔츠 차림이었다. 옷차림만을 보고는 용의자를 특정하기 어려웠을 것이다. 목격자들 역시 마스크를 쓴 채 모자를 푹 눌러썼었던 범인을 제대로 알아볼 리 없었다. 만약 그를 정확히 지목했다면 뇌파 검사 같은 것도 필요 없었을 것이다. 용의자의 자백이 판결에 중요한 역할을 하게 될 것이 틀림없었다. 그런데 왜 갑자기 자백한 걸까? 그렇게 강력하게 부인했으면서. 그새 양심의 가책이라도 느낀 것일까?

그때 태준이 조 선생의 연구실에 들어왔다. 태준은 밤새 여러 보고서를 검토해서 그런지 많이 피곤해 보였다. 그럼에도 불구하고 수사 종결이 얼마 남지 않았다는 생각에 태준은 힘 있는 목소리로 조 선생에게 말했다.

"오늘은 부담이 좀 줄겠군요."

반면, 조 선생은 피곤한 목소리로 대답했다.

"그럼 빨리 진행해 볼까요?"

선오와 희주는 서로를 바라보았다. 둘 다 무엇인가 꺼림칙한 기분이 들었지만 왜 그런 기분이 드는지 이해할 수 없다는 표정이었다.

선오는 저번처럼 조 선생을 도와 뇌파 측정기를 용의자의 머리에 붙였다. 조 선생은 이번에도 용의자의 건강 상태 등 이것저것을 확인해 보고 있었다. 형식적인 절차였다. 용의자는 저번과는 달리 계속 뭐라고 중얼거렸다.

"내가 한 게 맞는 것 같아요. 생각할수록 맞는 것 같아요."

선오가 태준에게 용의자가 이상하다는 듯한 눈빛을 보내자 태준이 머리에 손가락을 대고 원 모양을 그리며 약간 정신이 이상해진 것 같다는 생각을 전했다.

선오는 예의상 용의자에게 "좀 봐도 될까요?" 하고 속삭였다. 조 선생은 조용히 무엇인가를 차트에 집중해서 적고 있었다. 용의자의 상태를 적어두는 것 같았다.

태준은 선오가 뇌파의 측정을 위해 용의자의 상태를 확인한다고 생각하고는 근처 의자에 앉아 핸드폰을 보며 시간을 보냈다. 한 마디로 아무도 선오에게 신경을 쓰는 사람이 없었다. 선오는 용의자 채우진이 자신의 물음에 아무 대답을 안 하자, 그의 동의를 받은 셈 치고 머릿속을 들여다보았다.

용의자 채우진의 도서관은 무표정한 그의 얼굴과는 달리 밝고 알록달록했다. 도서관에는 다양한 책들이 꽂혀 있었다. 어떤 책은 두께가 두꺼웠고 어떤 책은 얇았다. 노란색, 빨간색, 파란색, 검은색, 형형색색의 표지를 가진 책들이었다.

선오는 신기한 마음에 그중 하나를 꺼내 읽어보았다. 채우진은 배우 지망생인 듯했다. 어떤 날은 외제 차가 13대나 있는 부자를 연기했고, 어떤 날은 사랑 없이는 못 사는 로맨티스트를 연기했다. 그의 삶은 연기에 대한 열정으로 가득했다. 간간이 하는 모델 아르바이트에서도 꽤 인정을 받는 듯했다. 비록 수입은 월 몇십만 원에 불과했지만, 그의 책들은 꿈으로 가득했다.

사건 당시의 책을 찾아가며 책들을 후루룩 읽어보던 선오는 채우진이 편의점 강도 사건이 발생했던 시기에 유독 '모델도 배우도 아무것도 아닌 채로 계속 살아가게 되진 않을까.' 하는 걱정을 자주 했다는 것을 알게 되었다. 특히, 가족들에게 비난을 받은 후 자신의 미래에 대한 걱정을 더 많이 하게 된 것 같았다.

허름한 자취방에 오랜만에 방문한 가족들은 채우진이 26살에도 번듯한 직업이 없다고 생각하여, 그의 꿈을 지지해 주지 않고, 그를 다그치기 시작했다.

"우진아, 너 언제까지 이러고 있을 거니?"

"김씨 아저씨한테 부탁해 놨다. 당장 김포로 내려와. 김씨 아저씨가 일 가르쳐 주실 거야."

어머니는 울먹이는 목소리로 말하며 눈물을 훔쳤고, 아버지는 본인이 운영하는 가구 납품 업체에서 배송 및 영업을 모두 담당하고 있는 김씨 아저씨한테 일을 배워보라고 타일렀다.

"저는…… 조금 더, 제가 하고 싶은 일을 해보고 싶어요……."

우진은 차마 어머니, 아버지의 얼굴을 마주하지 못하고 고개를 숙인 채 중얼거렸다.

"이 정도면 충분히 했어. 되려면 이미 벌써 뭐라도 하고 있겠지. 언제까지 꿈만 쫓을 거야?"

아버지도 이번엔 물러설 기미가 보이지 않았다.

"……조금만 더 시간 주세요. 제가 돈 부족하다고 돈 달라고 하는 것도 아니잖아요. 그냥 좀 더 제가 하고 싶은 거 하겠다는데 좀, 믿어주시면 안 되나요?"

채우진은 그에 대한 믿음이 없어 보이는 가족들의 모습에 목소리가 커지기 시작했다.

"너는 내가 하고 싶은 거 하면서 살고 있는 것 같니? 나도 가족들을 위해서 몇십 년을 공장에서 일하며 너 키웠다. 어떻게 사람이 하고 싶은 것만 하고 살아!"

아버지 목소리도 커지기 시작했다.

"알고 있어요. 알고 있는데……."

채우진은 답답했다. 후회 없을 만큼 해보고 싶었다. 지금 그만두면 평생 마음 한편에 아쉬움이 남을 것 같았다.

"우진아, 너도 공무원 준비해 보는 거 어떠니? 이번에 엄마 친구 아들도 좋은 대학 간 것도 아니고 공부도 잘하지 못했었는데 공무원 시험에 붙었단다. 지금 구청에서 일하고 있대. 응? 엄마랑 같이 알아보자."

우진의 손을 붙잡는 어머니의 말을 자르며 아버지가 단호히 나섰다.

"됐어! 잔말 말고 집에와서 공부를 하든지, 일을 배우든지 해."

"싫어요."

"아니, 이 녀석이. 너도 좀 나잇값을 해라. 언제까지 이런 쓸데 없는 일에 목매고 있을 거야? 사람이 값을 해야지. 남들처럼 번 듯한 직장 하나 못 얻어와서 이러고 있으니, 이런 쯧쯧."

"나는 내 삶을 살 거예요. 남들처럼 살라고 강요하지 마세요! 아버지처럼 살기 싫으니까."

채우진은 끝내 눈물을 흘리며 자취방을 나섰다. 아버지에게 모진 말을 하면서 그 자신도 마음이 아팠다. 그 역시 가족들을 이해할 수 없었다. 왜 모두가 똑같은 꿈을 꾸고 똑같은 삶을 살 아야 정상이라고 생각하는 걸까. 왜 모두가 공무원이 꿈인 세상 을 만드는 데 동조하고 있는 것일까. 자기 일에 열중하고 최선 을 다하면 그 자체로 존중받아야 하는 게 마땅한 것 아닐까.

채우진은 거리로 나왔지만 막상 갈 곳이 없어 근처 편의점에 서 컵라면을 먹으며 멍하니 핸드폰을 쳐다보았다. 채우진의 핸 드폰 바탕화면은 멋있는 슈트 차림의 남자가 출근길에 청소부 에게 인사하며 하이파이브를 하는 사진이었다. 채우진에게 이 사진에 숨겨진 의미 등은 관심 밖이었다. 그저 수시로 핸드폰

바탕화면을 보며 자기 일에 최선을 다하는 사람들이 그 자체로 존중받을 수 있는 세상이 왔으면 좋겠다고 생각했다. 채우진은 사람들이 존재 자체로 존중받는 그런 사회가 왔으면 좋겠다고 생각했다. 직업에 귀천을 두어 사람을 평가하지 않는 그런 사회를 꿈꿨다.

✦˖

선오는 채우진의 일기를 읽어보며 마음이 먹먹해졌다. 그의 현실적인 고민들도 선오를 먹먹하게 했지만 다른 이유가 있었다. 채우진이 검거된 편의점에서 강도 짓을 하지 않았으며 강도의 습격을 받았다는 다른 편의점에는 간 적도 없었다는 것을 알아냈기 때문이었다. 그가 강도일 리가 없는 것이었다.

선오는 채우진의 일기장을 빠르게 들추어 보며 그가 왜 혐의를 인정한 것인지 밝혀내려 했다. 선오는 채우진이 체포되고 난 후부터의 일을 살펴보았다. 형사들의 심문이 유독 많았던 것 같았다. 형사들은 채우진을 마치 범인으로 지정해 놓은 듯 그가 강도 짓을 했다고 확신하는 듯 보였다.

"이제, 그만하고 인정하세요. 저희 다 힘들지 않습니까."

"저는 진짜 라면만 먹고 나왔어요. 정말이에요. CCTV 확인해 보면 되잖아요."

"자, 봐봐요. CCTV 사진. 본인이 라면 먹고 나와서 한 7~8분 뒤에 이 검은 복장의 사내가 들어옵니다. 너무 타이밍이 기가 막히지 않아요? 딱 봐서 주변에 지나가는 사람도 없고, 여기 이 학생 혼자 일하고 있으니까 범행을 저지르기에 좋다고 판단한 거지."

"아니, 저 진짜 아니라니까요?"

"아저씨, 아저씨가 한 거 맞아요."

"······."

"아저씨, 여기 단골 맞잖아요. 그죠? 여기서 술 많이 사 갔죠? 어디서 술 먹고 와서 한 거죠? 제정신으로는 못 하겠으니까. 직업도 변변찮고, 딱 봐도 돈도 별로 없어 보이는데, 악한 마음 품은 거 아니에요? 내 추리에 틀린 거 있어요?"

채우진은 확신에 차서 말하는 형사의 말에 마음이 흔들려 기억을 다시금 떠올렸다.

'편의점에서 라면을 하도 많이 먹어서 내가 기억을 못 하는 걸까? 그 전날 술에 취해서 내가 한 일일까? 내가 잠시 연극 무대와 현실을 착각했나? 정말 내가 한 짓인가?'

선오는 이 형사의 말에 흔들리는 채우진을 보며 그가 범행을 한 장면이 있었나 기억을 되살렸다. 그러면서도 이 형사가 어떤 근거로 채우진이 범인일 거라고 이렇게 확신에 차 있는 건지 의아했다.

3 — 첫사랑에 대한 기억

선오는 채우진이 범행을 저질렀다는 결정적인 증거가 있는 것인지 궁금한 마음을 가진 채, 혹시라도 자신이 놓친 것이 있는지 꼼꼼하게 기억 속 책을 뒤져보았다. 그리고 다른 책들과 달리 끈적끈적한 무엇인가로 특정 페이지들이 뒤덮여 있는 책 한 권을 발견했다. '몽그리 뭉치'였다. 중증 치매 환자들에게서 자주 발견되는 것이었다.

'이 사람…… 치매인가?'

선오는 그 책에서 이상한 점을 발견했다. "내가 정말 범인일까?"라고 적혀 있는 글자를 제외한 다른 글자들에 몽그리 뭉치들이 뭉개져 붙어 있었다. 마치 누군가 채우진이 스스로 범인이라고 생각할 수밖에 없도록 평범한 그의 일상들을 모두 지워버리려고 한 것 같았다.

✦⁺

"선생님?"

태준이 선오의 어깨를 붙잡았다. 선오가 정신을 차리니 태준과 조 선생이 선오를 빤히 쳐다보고 있었다.

"네? 아, 네. 다 되었습니다."

선오는 충격에서 아직 헤어 나오지 못한 채로 조 선생과 함께 연구실로 들어갔다. 조 선생은 얼빠진 그의 표정을 보고 무슨 일이 있는지 물었다.

"아, 아닙니다. 갑자기 자백을 하는 용의자가 좀 이상해서요."

"저도 갑자기 자백하는 게 이상합니다."

조 선생은 선오가 무엇인가를 둘러대고 있다는 느낌을 받은 것 같았다. 선오는 그런 조 선생의 표정을 눈치채고 얼른 다른 말을 꺼냈다.

"혹시, 저도 뇌파 검사하는 용의자와 함께 있어도 될까요? 혹시 뇌파 검사를 방해하는 외부 요소가 있는지 확인해 보고 싶습니다."

"네, 좋습니다. 실험에 큰 도움이 될 것 같네요."

조 선생이 미소를 지으며 말했다. 조 선생은 열심히 하려는 그가 기특한 모양이었다.

선오는 용의자가 있는 병실로 달려갔다. 검사 준비를 마친 상태였다. 병실에는 첫 번째 뇌파 검사 때처럼 2명의 경찰이 문 양옆에서 대기하고 있었고, 용의자는 이미 사진들이 띄워질 태블릿을 손에 쥐고 있었다.

선오가 정확한 실험을 위해 직접 지켜보겠다고 하자 태준이 괜스레 어색한 분위기를 모면하고자 자신이 데리고 온 경찰들을 소개해 주었다.

"뇌파 검사를 위해 협조해 주고 계신 경찰분들이세요."

태준이 자랑스러운 듯 설명했다.

"특히 저 이현수 경사가 용의자를 직접 현장에서 검거하였죠."

땅딸막한 이현수 경사가 안절부절못하는 표정으로 선오에게 살짝 고개를 까닥이며 인사를 했다. 긴장을 많이 한 것 같았다.

실험은 저번과 똑같이 진행되었다. 용의자는 준비된 사진을 한 장씩 보았다. 태준은 번호를 부르고 나서 용의자가 보고 있는 태블릿의 사진을 넘겼다. 선오는 실험을 유심히 지켜보았다. 이현수 경사는 먼지 알레르기가 있는지 먼지가 쌓인 병실에서 실험하는 내내 간헐적으로 콜록거렸다. 그 때문인지 이현수 경사는 강도를 잡은 경찰치고는 매우 유약해 보였다. 그가 콜록거리자 용의자가 그를 쳐다보았다.

"사진 4."

"콜록."

"사진 7."

"콜록."

태준이 이현수 경사를 째려보았다. 이현수 경사는 입을 막고는 최대한 소리가 안 나게 작은 소리로 기침을 했다.

"끝났습니다. 수고하셨습니다."

태준이 실험이 끝났음을 알리자 경찰들이 일사천리로 태블릿을 회수했다.

"결과를 확인해 보죠. 오늘은 좀 유의미했으면 좋겠는데 말입니다."

"이번에도 비슷하네요."

태준은 뇌파 검사를 보고 실망한 표정을 그대로 내비쳤다.

"용의자의 자백 아니었으면 뇌파 검사만으로는 범인을 검거하기엔 좀 힘들었을 것 같아요."

태준은 못마땅한 듯 뇌파 검사 결과를 뒤적거리며 말했다.

"이렇게까지 아무 반응 없는 걸 보면 강도 짓에 아무런 감흥을 느끼지 않는 자인 게 틀림없어요. 결과가 그렇게 말해주네요."

조 선생도 짐짓 어두운 얼굴로 결과지를 쳐다보았다. 태준은 기계를 힐끗거렸다. 그는 이제 뇌파 검사 자체를 믿지 않는 것 같았다.

"사진 3, 사진 4, 사진 7에서만 유의미한 반응이 있었네요. 평범한 사진들이에요. 사진 3은 검거된 편의점의 피해자 사진이고, 이 반응은 저번이랑 똑같네요. 사진 4는 어린아이 사진이고, 사진 7는 중년 여성 사진이네요. 피해자들과 전혀 관계가 없는 사람들입니다."

선오는 뭔가 이상했다. 사진 7? 그때 이현수 경찰이 콜록거렸는데, 사진 4를 볼 때도 기침을 했었던 것 같다는 생각이 들었다.

"하나만 더 확인해 보아도 괜찮겠습니까?"

선오의 제안에 다들 그를 쳐다보았다.

"어떤 거 말씀하시는 거죠?"

"사진 말고 실제 사람으로 해보는 거예요. 간호사분들과 경찰분들, 저까지 다 포함해서요. 정말 아무한테나 뇌파가 반응하는지 확인해 볼 필요가 있을 것 같은데요."

태준은 잠시 고민하는 듯했다. 그러나 선오의 제안대로 한 번더 확인하는 것도 나쁘지 않을 것 같다는 생각을 한 모양이었다. 태준은 시계를 확인하더니 아직 시간이 좀 남았으니 딱 5명만 확인해 보자고 했다.

이번 검사 참여자는 간호사 1명과 희주, 선오, 경찰 2명이었다. 검사 참여자가 필요하다는 태준의 말에 희주는 본인도 안에서어떻게 진행이 되는지 궁금했다며 흔쾌히 검사에 참여하기로했다. 실험은 이전 뇌파 검사와 같은 방식으로 이루어졌는데 이번엔 사진을 보여주는 대신 실제로 한 사람씩 용의자 앞에 30초가량 서 있다가 다시 병실에서 나온다는 것이 차이점이었다.

실험이 진행되었다. 간호사가 나오고 희주가 들어갔다. 희주가 나오고 선오가 들어갔다. 채우진은 아까보다는 조금 안정이된 듯했는데, 여전히 간헐적으로 혼잣말을 중얼거리고 있었다. 선오는 병실에서 나오자마자 조 선생과 함께 뇌파 측정기에 반응이 있는지 확인했다. 그가 궁금했던 것은 다음 차례인 이현수경사에 대한 반응이었기 때문이다.

"어?"

선오는 기대하는 반응이 나왔다는 것에 놀라 외쳤다.

"뇌파가 반응이 있어요."

뇌파는 선오의 말에 반응이라도 하듯 앞뒤로 이리저리 커다란 파도를 만들어 냈다.

"용의자가 이현수 경사에게만 반응하고 있어요."

조 선생이 뇌파 수치를 보며 말했다.

"이전 수치들보다도 확실한 반응이네요."

태준이 조 선생에게 물었다.

"이 수치가 뜻하는 게 무엇일까요?"

"이현수 경사가 그를 체포했기 때문이라고 생각됩니다. 제가 봤을 때는, 그때 트라우마가 남은 것 같습니다. 결국, 이 실험에 영향을 미친 외부 요인은 모순적이게도 그를 체포한 이현수 경사네요."

조 선생이 웃음기 없는 얼굴로 말했다. 실험은 금방 끝났다.

✦˙

뇌파 검사를 마무리하고 용의자를 경찰차에 태운 것을 확인한 태준이 연구실로 들어오자, 선오가 태준에게 물었다.

"혹시, 이현수 경사가 첫 번째 뇌파 검사 때도 참여했었습니까?"

"네, 아무래도 직접 검거한 자이니까요. 팀장이 아예 사건을 이현수 경사에게 전담시킨 모양입니다."

"첫 번째 뇌파 검사 때도 혹시 이현수 경사가 기침을 하는 등 알레르기 반응을 보였나요?"

"아, 네, 맞아요. 제가 하도 기침을 해대기에 왜 그러냐고 물었더니, 먼지 같은 것에 알레르기가 있다고 하더라고요."

태준은 그런 걸 왜 물어보냐는 얼굴로 선오를 쳐다보았다. 선오는 뇌파 검사를 위해 마련한 병실이 오랫동안 쓰지 않았던 창고였음을 떠올렸다. 청소를 했다고 해도 묵은 먼지가 꽤 쌓여 있었던 모양이다.

선오는 태준에게 뇌파 검사 결과를 설명했다. 태준은 용의자가 유독 이현수 경사에게만 분명하게 뇌파 변화를 일으킨 것을 보고 의아해했다.

"자신을 검거한 자에게만 반응하는 거면, 뇌파 검사가 제대로 되는 거 아닌가요?"

조 선생은 당연하다는 듯이 살짝 발끈해서 말했다.

"뇌파 검사는 정확합니다, 검사님."

"그런데 왜 이전의 뇌파 실험에서는 일관성 없이 반응한 걸까요? 적어도 피해자들한테는 반응이 조금이라도 있었어야 하지 않나요?"

그때 선오가 나서서 말했다.

"일관성이 없는 건 아닌 것 같아요. 용의자가 검거된 편의점의 피해자한테는 확실한 반응을 계속해서 보이고 있습니다. 그곳에서 무슨 일이 일어났다는 거겠죠. 또한, 이현수 경사는 실험 내내 알레르기 반응을 일으켜 기침하고 있었어요. 용의자는 이현수 경사의 기침에 반응한 거예요. 다른 사진들이 아무 의미가 없었기 때문이겠죠."

"그게 무슨 말입니까?"

"용의자는 일관되게 자신을 검거한 이현수 경사에게만 반응하고 있다는 거죠."

태준은 고민에 빠졌다. 그게 무엇을 의미하는지 잘 모르겠다는 듯이 연신 고개를 갸웃했다. 그리고 곁에 있는 경찰에게 물었다.

"이현수 경사 지금 어디 있지?"

태준이 물었다. 곁에 있던 경사가 모르겠다는 표정을 지었다.

"당장 데려와!"

연구실에 있던 경찰들은 이현수 경사를 찾기 위해 연구실에서 뛰쳐나왔다. 예감이 좋지 않았던 선오는 한시라도 빨리 그를 만나 이야기하고 싶은 마음에 이현수 경사를 찾으러 경찰들과 함께 뛰어나갔다. 태준과 조 선생은 혹시 이현수 경사가 다시 되돌아올 경우를 대비하여 연구실에 대기하기로 했다.

이현수 경사는 피의자가 경찰서로 향하고 있다는 간단한 보고를 마치고 검사실로 복귀하던 중이었다. 어렴풋이 검사실 안에서 사람들이 진지한 말투로 이야기를 나누고 있는 것이 들렸다.

"용의자는 일관되게 자신을 검거한 이현수 경사에게만 반응하고 있다는 거죠."

단호한 선오의 말이 들렸다. 이현수 경사는 심장이 덜컥했다. 자신도 모르게 문가에 귀를 갖다 대었다.

'지금 내 이야기가 왜 나오는 거지?'

"이현수 경사 지금 어디 있지?"

화가 난 듯한 태준의 목소리가 들렸다.

'나를 왜 찾는 거지? 발각된 거야. 내가 한 짓이 발각된 게 분명해.'

"어? 경사님, 지금 뭐 하고 계세요?"

화장실에 갔다가 돌아오던 희주는 문밖에서 엉거주춤한 자세로 서 있는 이현수 경사를 발견하고는 반가운 마음에 손을 흔들었다. 이현수 경사는 그런 희주를 보고 얼굴이 사색이 되더니 냅다 복도를 뛰어 도망갔다.

'내가 엿듣고 있는 걸 봤어. 분명 수상하게 생각할 거야.'

이현수 경사는 손이 파르르 떨리고 다리의 힘이 풀리는 것 같았다. 그의 머릿속에서는 도망쳐야 한다는 생각밖에 떠오르지 않았다. 대기실에 앉아 있던 희주는 갑자기 사람들이 우르르 밖으로 뛰어나가자 어리둥절한 표정으로 태준에게 무슨 일인지 물었고, 그에게 이현수 경사가 장례식장 쪽으로 뛰어가는 것을 봤다고 알려주었다. 태준은 장례식장 근처에 있는 이들에게 연락해 그곳을 찾아보라고 지시했다.

희주가 목격한 대로 이현수 경사는 빈 장례식장 구석에서 쪼그려 앉아 있는 채로 발견되었다. 병원이 너무 넓어 어디로 가야 할지 망설이다가 찾아간 곳이 장례식장이었던 모양이다. 후에 들은 이야기지만, 병실마다 사람이 꽉 차 있어서 도망갈 곳이 없었던 이현수 경사는 용의자를 경찰차에 데려다줄 때, 검사실에 지갑을 두고 나온 것을 깨닫고 패닉에 빠졌다고 했다. 그래서 아무 데나 숨을 곳을 찾아간 곳이 빈 장례식장이었던 것이다.

경찰들이 이현수 경사를 찾아냈을 때에는 상태가 그렇게 좋아 보이지 않았다. 계속 덜덜 떨고 있었다.

"내가 한 게 아니에요. 놔요. 이것 좀 놓으라고요!"

이현수 경사는 경찰들의 손길을 뿌리쳤다. 이때 경찰들을 뒤따라온 선오가 나서서 그에게 물었다.

"용의자는 아무 죄가 없습니다. 알고 계셨죠?"

이현수 경사는 망설이는 것 같았다.

"저는 아무것도 모릅니다. 왜 저한테만 반응하는지 모르겠습니다."

이현수 경사는 선오를 똑바로 바라보지 못하고 벌벌 떨고 있었다. 선오는 용의자가 아무 죄가 없다는 걸 그를 체포한 경찰이 모를 리가 없다고 생각했다. 도대체 왜 이런 거짓말을 한 것일까? 왜 도망간 걸까? 다른 경찰들도 난감해하고 있었다.

선오가 그에게 천천히 다가갔다. 이현수 경사는 용의자 채우진의 기억에 쉽게 접근할 수 있는 사람이었다. 선오는 이현수 경사가 희주의 택배를 훼손하고, 선생님의 기억을 흐려놓았으며 송은아와 채우진의 기억을 헤집어 놓은 그 사람일 수도 있다고 생각했다. 그가 기억을 다루는 자인지 확인을 해야 했다.

선오는 천천히 덜덜 떨고 있는 이현수 경사의 양쪽 어깨를 잡았다. 이현수 경사는 선오의 손길을 쳐내며 거부했지만, 이내 침착한 선오를 보고 조금씩 안정을 되찾아 가고 있었다. 선오는 천천히 그를 진정시켰다.

"괜찮아요. 심호흡해요."

다른 경찰들은 선오가 그를 진정시키는 것을 지켜보며 태준에게 상황을 보고했다. 선오는 천천히 눈을 감고 심호흡을 하는 이현수 경사의 머리에 살포시 손을 얹었다.

⁎⋆

예상했던 대로 이현수 경사의 도서관은 지저분했다. 선오가 천천히 고개를 돌려 보니 지저분한 이유가 다른 사람들과 달랐다. 책장에 빼곡히 무엇인가가 적혀 있었기 때문이었다. 책장의 양 옆면에 커다란 포스트잇 같은 게 덕지덕지 붙어 있었다. 선오는 이렇게 책장에 포스트잇이 붙어 있는 것을 처음 보았기 때문에 신기한 마음에 자기도 모르게 책장 가까이 다가갔다. 책장에는 다양한 수학 공식들이 적혀 있었다.

선오는 포스트잇의 정체를 이현수 경사의 일기를 통해 알아낼 수 있었다. 이현수 경사는 경찰이 되기 전에 회계사 일을 했다. 회계사 일을 하기 위해 매일 떠올려야 하는 여러 가지 공식들이 책장마다 이렇게 적혀 있는 것 같았다. 언제라도 쉽게 생각날 수 있도록 말이다. 너무 오래 안 떠올리면 기억에서 사라져 버리는 공식들이었지만, 이렇게 책장에 잘 붙어 있는 동안은 금방 공식들이 기억이 나는 것이리라.

선오는 최대한 빨리 최근의 기억들을 찾아보았다. 왜 이현수 경사가 거짓말을 했는지 알아봐야 했다. 시간이 별로 없었다. 이현수 경사는 회계 법인을 다니던 회계사였다. 그러다가 어느 순간부터 회계 업무를 하는 것에 회의를 느끼고 어린 시절부터 꿈꾸었던 경찰을 준비하게 되었다. 그는 꼬박 3년이 걸려 경찰 시험에 합격하였다. 금융 범죄를 수사하는 곳에 발령을 받았고, 각종 회사에 대한 경험과 회계 지식 등이 사건을 수사하는 데 많이 도움이 되었기 때문에 금세 온갖 사기꾼을 잡아들이며 인정을 받게 되었다.

그런데 작년 말 인사이동 때 갑자기 강력계로 발령이 났다. 강력 범죄 수사 부서는 금융 범죄 수사과와는 너무나 다른 분위기였고 일을 하는 데도 전혀 다른 역량이 요구됐다. 체력과 통찰력, 범죄자를 대면할 때의 대범함 등 이현수에겐 익숙하지 않은 것들뿐이었다. 모두가 그를 보면 한숨을 쉬었다.

그중에서도 그를 가장 힘들게 했던 건 반장의 말들이었다. 그를 보고 "어떻게 경찰이 되었냐, 그렇게 유약해서 범인 잡겠냐, 글을 왜 이따위로 쓰냐, 어떻게 그것도 모르냐" 등의 말들을 하여 그를 지치게 했다. 말귀를 똑바로 못 알아듣는다고 혼냈고, 보고서를 써서 제출하면 옆에 있는 형사의 것을 보여주며 비교하고 야단쳤다. 회계 지식을 이야기해도 잘난 척하지 말라는 말을 들었고 어쩌다가 현장에 투입되면 한심하다는 표정과 눈빛 때문에 제대로 수사를 하기가 어려웠다. 회식을 한다고 팀원들 돈을 각출해 가서는 남은 돈은 항상 반장이 가져가는 등 이해할 수 없는 관행들도 그를 힘들게 했다.

하지만 아무도 반장의 행동에 대해 부당하다고 이야기하는 사람이 없었다. 그는 인사부에 계속 부서 이동을 요청했으나 인사부에서는 어디든 적응할 줄 알아야 한다고 별다른 조치를 하지 않았다. 오히려 그가 적응하지 못하는 것을 무능하다고 여기는 것 같았다.

이현수는 부당함을 바로 잡는 것이 경찰의 일이라고 생각했는데, 본인이 오히려 부당한 대우를 참으며 살아가고 있다는 것을 깨달았다. 도와달라는 그의 말에 인사팀도, 다른 동료들도 그저 묵묵히 견디라는 말을 하는 것이 전부였다. 부당한 일을 문제 삼았을 때, 왜 그 피해를 오롯이 본인이 감당해야 하는지 이해가 되지 않았다. 이렇게 부당한 현실을 아무렇지 않게 받아들여야 한다는 사실에 점점 화가 나기 시작했다.

그는 복면을 쓰고 편의점에 들어가 강도인 것처럼 사건을 벌여 다른 동료들이 사건을 제대로 해결하지 못하고 혼나는 걸 보고 싶다는 생각이 들었다. 다른 사람들이 헛다리를 짚는 것을 보며 비웃고 싶었던 것이다. 그러다가 만약에 그가 다른 경찰들이 못 잡은 범인을 잡으면 더 이상 다른 사람들이 그를 무시하지 않을 것 같다는 생각을 하기에 이르렀다.

✦⋅⁺

"제가 이현수 경사를 살펴보아도 되겠습니까?"

선오는 갑작스러운 조 선생의 목소리에 눈을 뜨고 뒤를 돌아보았다. 거의 다 보았는데. 이제 사건 근처까지 왔는데…….

'도대체 이렇게 이현수 경사는 채우진의 기억을 조작한 거지?'

3 — 첫사랑에 대한 기억

조 선생이 선오에게 다가와 이현수 경사의 상태를 확인했다. 이현수 경사는 아까보다는 진정되어 보였다. 조 선생은 선오가 무슨 말을 하길 기다리는 것 같았으나 그가 아무 말도 하지 않자, 이현수 경사를 병실로 데려가겠다고 말했다.

"선, 선생님, 도와주세요. 살려주세요."

이현수 경사가 조 선생을 알아보고 말했다.

"걱정 마세요."

조 선생이 그를 보며 피곤한 듯한 미소를 지었다. 그때 선오가 말했다.

"저도 같이 갈게요."

"선오 씨는 여기서 상황 정리를 좀 부탁드려요. 병실을 잡는 절차도 밟아야 하고 공황 증상이 온 것 같아서 간단한 진료가 필요해 보입니다."

조 선생은 선오에게 강단 있는 목소리로 말했다. 선오는 알겠다고 대답할 수밖에 없었다.

선오는 어쩌면 이 사건의 시작은 경찰 반장으로부터 비롯된 것일 수도 있다고 생각했다. 아니면, 그의 적성과는 반대되는 곳에 그를 배치한 조직의 잘못인 것일까. 인격적인 모욕을 받는 것을 알면서도 묵묵히 지켜보기만 했던 그의 동료들 때문이었을까.

한 주 뒤, 선오와 희주는 조용한 한정식집에서 태준을 기다리고 있었다. 태준은 선오와 희주가 아니었으면 무고한 사람을 체포할 뻔했다며 사건이 마무리되면 감사의 의미로 꼭 맛있는 식사를 대접하겠다고 했었던 것이다.

희주가 물을 마시며 선오에게 물었다.

"용의자로 몰린 분은 왜 아무 짓도 안 했으면서도 자기가 강도 짓을 했다고 말했을까요?"

태준은 선오와 희주에게 이현수 경사가 조 선생을 통해 자신이 한 일을 자백했다고 전했다. 이현수 경사는 출동을 나가서 각자 흩어져 용의자를 수색하는 도중에 백수로 보이는 남자가 편의점에서 나오는 순간 그를 체포하여 범인으로 몰았다고 했다. 솔직히 그는 이렇게까지 사건이 커질 줄 몰랐다고 했다. CCTV 같은 것을 확인하면 금방 그가 체포한 용의자가 진범이 아니라는 것이 밝혀질 줄 알았던 것이다.

그런데 의외로 추레한 행색의 채우진이 험상궂게 생기고 체격도 다부져 다들 이현수 경사의 말을 믿어버렸다고 했다. 심지어 피해자들도 왜인지 복면을 쓴 이현수 경사를 몸이 다부지고 험상궂은 사람이었다고 기억하고 있었다. 희주는 사람들이 본것 말고 자신들이 믿고 싶은 것을 실제 기억이라고 믿는 것이 정말 가능한 일이구나 생각했다.

선오는 희주의 질문에 몽그리 뭉치로 지저분해진 채우진의 기억 속 책을 떠올리며 대답했다.

"아마도 세뇌 효과 같은 거겠죠."

"은아에게 알려주었던 것처럼요?"

"비슷하지만 조금 달라요. 은아 씨에게 알려준 세뇌 효과는 자기가 생각하는 것들을 기억 속에 스스로 많이 적어두게 하는 건데요, 채우진 씨의 기억 속 책에는 주변 사람들이 "네가 범인이야."라고 말한 것들이 많이 적혀 있었어요. 그런 말들이 '내가 정말 범인인가?' 하는 생각을 반복적으로 하게 만든 거예요."

"다른 사람들의 말로도 세뇌가 가능하다는 건가요?"

"네, 맞아요. 그리고 누군가 채우진 씨의 기억을 고의로 건드린 것 같아요. 채우진 씨가 스스로를 범인이라고 생각하도록 그외의 기억들을 다 뭉개버린 것 같았거든요."

"누가 그런 걸까요?"

선오는 희주의 질문에 대답할 수 없었다. 그때 마침 태준이 약속 장소에 도착했기 때문이었다. 그는 선오와 희주에게 반갑게 인사했다.

태준은 이현수 경사의 처리를 마무리하고 오는 길이었다. 태준은 이현수 경사가 근무했던 부서에 대한 조사도 진행되었다고 전했다. 직장 내 괴롭힘이 드러났기 때문이었다. 이현수 경사 팀의 반장은 병신 같은 팀원을 만나 재수 없게 걸렸다며 끝까지 이현수 경사의 잘못으로 몰아붙였다고 한다. 태준은 조 선생이 채우진의 트라우마를 치료하고 있으며 이현수 경사는 1년간 정직을 당했다고 덧붙였다.

"그럼 이현수 경사를 만나볼 수는 없나요?"

선오가 태준에게 물었다.

"네, 이제 경찰서에 나오지 않을 거예요."

태준이 담담하게 말했다.

"혹시, 다른 이야기는 안 하던가요? 채우진의 기억을 자기가 일부러 조작했다든가……."

"네?"

선오는 그의 대답을 이해했다. 이현수 경사는 기억에 대한 어떠한 말도 하지 않은 것이다.

"아무것도 아닙니다. 그럼 동창회 계획을 짜볼까요?"

희주는 선오가 급하게 화제를 돌린다고 생각했다. 선오와 희주는 동창회를 여는 것이 진짜 목적은 아니었으므로 은아와 태준, 희주까지 셋이 만나 친구들을 섭외해 보자는 방향으로 이야기를 몰아갔다. 태준은 몇몇 친구들에게 이미 동창회 이야기를 꺼냈기 때문에 같이 보자고 말했지만, 희주는 먼저 은아와 셋이 모여 동창회 장소를 정하고 날짜를 대략적으로 잡아보자고 제안했다. 태준은 희주가 먼저 동창회를 열자고 했기 때문에 그녀의 제안에 별 불만 없이 동의했다.

선오는 희주와 태준이 동창회 이야기에 집중하고 있는 동안 다른 생각을 하고 있었다. 선오는 계속 이현수 경사가 기억을 만질 수 있는 사람일 거라는 생각을 지울 수가 없었다. 그가 아니라면 누구란 말인가? 그가 희주의 선생님과 은아의 기억도 지운 것일까? 왜? 그들을 어떻게 알고? 아니면 제삼자가 있는 것일까? 그러다 문득 조 선생 역시 희주와 은아와 관련된 사람이라는 생각이 들었다. 그렇지만 그가 어떻게 채우진을 만날 수 있었겠는가. 검사를 할 때를 제외하고 말이다. 선오는 첫 번째 실험에서 그가 기계를 정리하는 동안 조 선생이 채우진의 머리에 붙어 있는 센서를 떼어냈단 사실을 기억했다.

'설마, 아니겠지.'

이야기를 모두 마치고 집으로 돌아갈 때 선오가 태준을 불러 세웠다.

"혹시 채우진 씨를 만나게 되면, 본인 잘못이 아니라고 꼭 말해주세요. 최대한 많이요. 여러 날 반복해 주시면 더 좋고요."

태준은 조금 당황한 듯했지만, 마땅히 그러겠노라고 선오에게 대답했다.

선오는 채우진의 기억 속 도서관도 떠올렸다. 자신이 범일일지도 모른다는 생각으로 가득한 책(기억)들을. 선오는 채우진의 기억 속에 새로운 책들이 다시 가득 채워지면, 스스로를 범인으로 의심했던 순간들이 기억의 저편으로 넘어갈 수 있지 않을까 생각했다. 꼭 그렇게 되기를 바랐다.

엄마의 잃어버린 반지

태준을 만난 후 몇 주가 지난 금요일 저녁 희주는 오랜만에 걸려온 엄마의 전화를 받았다.

"희주야, 얼마 전에 아빠가 너한테 택배 보냈다며."

"응, 왜?"

"혹시 엄마 결혼반지가 택배 상자에 들어가 있지 않았니?"

"반지? 없었는데? 내가 상자 접어서 버려가지고. 뭐가 들어 있었으면 알았을 거야. 반지가 없어졌어?"

"어디 갔지? 내 정신 좀 봐. 아무 데도 없어. 어떡하니."

"엄마도 이제 늙었네. 늙었어."

엄마는 결혼반지를 잃어버린 모양이었다. 기억력만큼은 누구

못지않게 좋았던 엄마였는데, 나이가 드시니 잊어버리는 게 많은 것 같았다. 희주는 잠시 자신의 처지와 비교해 보았다. 나이가 들어서 불규칙하게 어떤 일들을 잊어버리는 것과 희주처럼 천천히 기억이 사라지는 것을 비교해 보았을 때, 자신의 처지가 더 나은 것 같다는 결론을 내렸다. 적어도 엄마처럼 결혼반지를 잃어버릴 일은 없을 것 같았다.

하지만 희주는 나날이 기억이 없어지고 있었다. 그렇지만 여전히 별 감흥이 없었다. 기억을 잃어버리는 게 별로 두렵지 않았다. 희주의 일상은 이전과 똑같았다. 아침 일찍 일어나 회사에 출근을 했고, 그날 처리해야 할 일들을 차례대로 처리했으며, 저녁에 집에 들어와서는 어제 넷플릭스로 프로그램을 몇 화까지 봤는지 기억할 수 있었기 때문이었다.

희주는 그 주, 므네모스 사무실을 방문했을 때 엄마가 다시 서울로 오신다는 소식을 선오에게 알려주었다.

"엄마한테 언제 올라오시는지 물어봤는데 다음 주에 올라오실 수 있을 것 같다고 하셨어요. 곧 올라오실 것 같아요."

"어머니를 뵈면 희주 씨한테 무슨 특별한 일이 있었는지 물어볼 수 있겠네요. 제가 직접 기억들을 살펴볼 수 있는 기회가 있으면 더 좋고요."

"예전 일들을 잘 기억을 하실지 모르겠네요. 요새 자꾸 깜빡

깜빡하시나 봐요. 택배 상자에 결혼반지가 혹시 들어 있는지 물어보시더라고요."

"잃어버리셨대요?"

"네, 어디서 잃어버린 건지도 잘 모르신대요. 외할머니 댁을 샅샅이 뒤져봤는데 없어서 아빠한테 물어봤더니 집에도 없다고 하셨나 봐요."

"그거 제가 찾아드릴 수 있는데."

"네? 어떻게요?"

희주가 놀란 토끼 눈으로 선오를 쳐다보았다.

"기억을 뒤져보면 그 물건을 어디에 두었는지 알 수 있어요. 무의식에서는 자신의 행동 하나하나를 기억하거든요."

"진짜 그게 가능하다면 너무 신기한데요."

희주는 잠시 자기가 얼마 전 잃어버린 에어팟 한쪽을 찾아달라고 부탁하려다가 참았다.

"아직 정확히 언제 오실 건지 말씀 안 해주신 거죠?"

"네, 연락 오면 말씀드릴게요. 혹시 모르니 저도 집에 가서 반지를 좀 찾아봐야겠어요. 제 생각에는 밖에서 반지를 빼고 손을 씻으시다가 그냥 두고 오셨을 것 같아요."

"그럴 수도 있겠네요. 제가 자세히만 볼 수 있다면 금방 찾을 거예요."

선오는 식은 죽 먹기란 듯이 희주에게 말했다.

다음 주 토요일 아침, 선오는 어느 대학교 강의실 앞에서 강의 듣기 좋은 자리를 물색하고 있었다. 선오는 괜히 찜찜한 마음에 조 선생에게 몇 가지를 물어보고 싶었다. 그런데 최근에 조 선생의 뇌파 치료가 유명해진 모양이었다. 태준의 사건에서 용의자의 무고함을 밝혀낸 것이 뇌파 검사였다는 보도가 대대적으로 이루어지자, 경찰과 검찰을 비롯해서 여러 사람들에게 뇌파 검사가 새롭게 주목받기 시작했다. 그 이후로 조 선생은 어느 때보다 바쁜 하루를 보내며, 강의를 나가고 연구회를 나가고, 인터뷰를 하는 것 같았다. 조 선생은 선오가 잠깐 뵙고 싶다고 가능한 시간을 물어볼 때마다 요새 너무 바빠서 시간을 내기 어려울 것 같다고 양해를 구했다.

선오는 인터넷 검색을 통해 조 선생이 토요일 오전 9시에 대학교에서 3시간 동안 공개 강의를 한다는 것을 알아냈다. 선오는 어머니가 올라오신다는 희주의 연락이 없자, 조 선생을 찾아가기로 했다.

선오는 고민 끝에 강의실 가장 끝자리에 앉았다. 자신의 존재를 드러내지 않고 조 선생의 강의를 듣고 싶었기 때문이었다. 예상대로 많은 사람들이 조 선생의 강의를 들으러 와 있었다. 선오 자신도 그를 존경스러운 학자이자 의사로 생각하고 있었기에, 많은 사람들이 조 선생의 강의를 듣고 싶어 하는 것이 크게 놀랍지 않았다. 칠판에는 "당신의 나쁜 기억을 지우는 방법"이라는 글이 적혀 있었다. 선오는 무슨 말도 안 되는 말인가 싶었다. 기억을 수십 번 지우려고 노력했던 시도들이 생각났다. 기억은 지울 수가 없다. 잊힐 뿐이었다.

선오가 심각한 얼굴로 생각에 잠겨 있는 사이 조 선생이 강의실에 들어왔다. 희주와 만났을 때는 몰랐는데, 이렇게 밝은 데서 보니 강단 있어 보이는 눈매가 더 눈에 띄었다.

"안녕하세요. 인지 치료 센터에서 정신과 의사로 일하고 있는 조성환입니다."

학생들이 박수로 화답했다.

"누구나 떠올리기 싫은 기억이 있지요. 여러분도 그럴 것입니다. 어느 환자는 제게 말하더군요. 회사에서 발표를 하는 도중에 긴장 때문에 방귀가 나와 회의를 망친 기억 좀 없애달라고요. 밤에 이불 킥 하느라 잠을 못 자겠다고 하더군요."

학생들 몇 명이 킥킥거리며 실소를 터뜨렸다.

"그런 얼굴이 빨개지는 경험을 비롯해 오랫동안 사랑했던 사람과의 이별, 부모님의 죽음, 아끼던 강아지의 죽음 등 마음을 아프게 하는 기억들도 많은 분들이 지우고 싶어 하는 기억이죠."

어느덧 학생들의 얼굴이 진지하게 바뀌어 있었다.

"그리고 누군가에게 괴롭힘을 당한 기억, 누구에게도 말하기 어려운 범죄를 겪은 기억도 많은 사람들이 지워달라고 하는 기억들입니다."

조 선생은 학생들을 보며 물었다.

"이것의 병명을 무엇이라 하는지 아는 분이 있을까요? 지우고 싶은 기억으로 고통받는 환자들에게 우리는 보통 어떤 진단을 내릴까요?"

학생 중 한 명이 자신만만하게 손을 들었다. 조 선생이 학생을 손짓하자 학생은 긴장하는 기색 없이 대답했다.

"외상 후 스트레스 장애라고 진단합니다."

"훌륭해요. 정답입니다."

조 선생은 학생들의 환심을 사기 위해 미리 가져온 사탕을 직접 그 학생에게 갖다주었다.

"원래 외상 후 스트레스 장애, 영어로는 'Post-Traumatic Stress Disorder'이라고 하죠. 즉 PTSD는 심각한 재난이나 전쟁을 겪은 후 정신적인 고통에 시달리는 증상을 의미했습니다. 그러나 현대로 넘어와서는 극도의 스트레스 상황에 놓이거나 일상생활에도 영향을 끼칠 만한 고통스러운 기억을 일컫는 말로 널리 사용되고 있죠."

학생들은 모두 진지한 얼굴이었다. 꽤 많은 학생들의 책상에 생물학, 약물학 등의 책이 올려져 있었다. 의학 전문 대학원에 지원하기 위해 미리 공부하고 있는 학생이 꽤 많은 것 같았다.

간간히 심리학 전공 책을 가지고 있는 학생들도 보였다.

"왜 어떤 기억은 쉽게 잊히면서 어떤 기억은 이렇게 끝까지 남아 우리를 괴롭히는 것일까요? 모두들 아시다시피 우리 몸의 정보 처리 장치는 바로 이 뇌가 담당합니다."

조 선생은 뇌라는 말을 할 때 자신의 머리를 손으로 가리켰다.

"우리는 일상생활에서 엄청나게 많은 정보를 접하게 되는데, 그 정보들이 다 이 뇌를 통하게 되죠. 그중에서 해마라는 부위가 바로 정보를 단기적으로 저장하는 역할을 합니다. 실제로 해마 부분이 손상된 환자들은 단기적으로도 정보를 저장할 수 없어 방금 일어났던 일들도 잘 기억을 못 하죠. 장기 기억은 해마가 대뇌 피질로 정보들을 보낼 때 만들어집니다."

조 선생은 또 사탕 하나를 꺼내며 학생들에게 물었다.

"자, 다음 질문이에요. 그렇다면 우리는 어떻게 해야 기억을 잘하게 될까요? 비법이 무엇일까요?"

처음 질문과 달리 여러 사람들이 손을 들고 정답을 외쳤지만, 쉽사리 정답을 맞추는 사람이 없었다.

"호두를 많이 먹어야 해요."

"책을 많이 읽어야 해요."

"반복해서 봐야 해요."

조 선생은 아쉽다는 표정으로 학생들을 쳐다보았다.

"네, 틀린 말이 없어요. 다 맞는 말입니다. 하지만 아쉽게도 제가 원하는 답은 아직 안 나왔네요."

선오가 손을 들었다. 조 선생은 그를 보고 살짝 움찔하더니 그에게 손짓했다.

"잠을 많이 자야 합니다."

"네, 맞습니다. 정답이에요. 내가 원하던 답이네요."

조 선생은 직접 선오 앞에 다가와 사탕을 주고 다시 자리로 돌아갔다.

"잠을 자는 것은 흔히 체력을 회복하고 우리의 기관을 쉬게 하는 행위라고 생각하죠. 그런데 놀랍게도, 잠을 자는 동안 우리는 활동하며 얻은 정보들을 자신의 것으로 만들게 됩니다. 그렇게 보면 좋은 대학을 가기 위해 밤을 새우는 친구들은 아주 멍청한 짓을 하는 것이지요."

몇몇 학생들이 웃었다. 서로를 쳐다보며 눈짓하는 것으로 봐서 아마 밤을 새우며 공부하는 습관을 가진 학생들이 꽤 있는 모양이었다.

"자는 동안 우리 눈이 계속해서 움직인다는 것이 밝혀졌습니다. 이렇게 눈이 좌우로 움직이면서 기억, 즉 정보에 대한 처리가 이루어진다는 연구 결과도 있어요. 이런 안구 운동을 통해 정보가 처리되는 겁니다. 제가 왜 이 이야기를 했을까요? 오늘 우리의 주제는 괴로운 기억을 잊는 법이었습니다. 제 힌트를 알아챈 학생이 있을까요?"

이번엔 조 선생의 질문이 나오자마자 많은 학생들이 한꺼번에 손을 들었기 때문에 조 선생은 제일 먼저 눈이 마주친 학생에게 기회를 주었다.

"잠을 많이 자야 외상 후 스트레스가 나아집니다."

"비슷해요."

"눈을 계속 움직여야 외상 후 스트레스가 치료됩니다."

"훌륭합니다."

조 선생은 학생 둘에게 모두 사탕을 주었다.

"기억을 잘하는 방법과 기억을 없애는 방법이 비슷하다는 것은 신기한 일입니다. 어쩌면 기억을 하는 방법과 지우는 방법이 비슷한 원리로 이루어지기 때문일지도 모르겠어요."

조 선생은 잠시 뜸을 들인 후 말을 이었다.

"외상 후 스트레스 장애는 약물과 심리 치료를 병행하여 오랜 시간 공을 들여야 하는 꽤 심각한 증상입니다. 솔직히 치료가 되는 사례도 많지 않아요. 그래서 우리는 공포의 기억을 없애는 방향으로 노력을 기울이고 있습니다. 그중 하나가 바로 편도체 활동을 억제하는 방법이죠. 세계 최고 과학 학술지인 《네이처》에도 게재된 관련 논문 중 하나를 소개하죠. 쥐들에게 공포스러운 장면을 시각적으로 보여주고 앞을 가린 상태에서 빛을 좌우에서 비추거나 소리를 좌우에서 들려주게 되면 정신적 외상이 치료된다는 결과가 발표되었어요. 즉, 쥐들이 더 이상 공포스러운 장면에 공포를 느끼지 않는다는 것이 밝혀진 거죠. 매우 흥미롭지 않나요? 양쪽에서 오는 자극이 뇌 특정 영역을 자극하여 공포 반응을 다루는 편도체 활동을 억제하기 때문이에요. 자, 첫 번째 방법, 공포스러운 기억이 떠오르면 이렇게 좌우로 소리를 듣거나, 눈을 좌우로 움직이면 된다는 것입니다."

조 선생이 사팔뜨기처럼 눈을 이리저리 돌리자 학생들이 까르르 웃었다. 서로 따라 하고 웃는 학생들도 있었다.

"다른 하나는 심리학 분야에서 진행된 실험입니다. 공포와 특정 자극을 연결시키고 그 특정 자극이 없는 동안은 공포를 느끼지 않게 하는 방법이죠. 예를 들어 쥐들에게 전기 충격을 가하고 소리를 들려주는 실험을 반복하면 쥐는 이 소리만 들어도 깜짝 놀라게 될 것입니다. 그런데, 반대로 이 소리가 들리지 않는 한 공포를 전혀 느끼지 않게 되는 것이죠. 이렇게 공포를 느끼지 않는 기간이 오래되면 점점 공포에 무뎌지는 것입니다."

몇몇 학생들이 고개를 끄떡였다. 어디서 본 기억이 나는 모양이었다.

"그렇지만 가장 쉬운 방법은 이것일 겁니다."

조 선생은 갑자기 교단 앞에 나와 양해를 구하고 학생 한 명의 머리에 살포시 손을 얹었다.

"이렇게 머릿속을 들여다보고 두려운 기억, 지우고 싶은 기억만 싹 긁어서 없애는 거죠. 그게 가능하면 아주 빠른 치료가 가능하게 될 거예요. 가장 간단하고 가장 쉽게 말이죠."

조 선생이 손을 얹은 학생이 물었다.

"그게 어떻게 가능해요?"

조 선생은 그에게 미소를 지으며 말했다.

"거기에 답하는 것이 지금 제가 진행하고 있는 연구입니다. 내가 떠올리기 싫은 기억을 없애는 것. 저는 그것을 연구하고 있습니다. 오늘 강의로 인해 관심이 커진 학생이 제 제자로 들어와 같이 연구할 날이 빨리 왔으면 좋겠네요."

조 선생은 자신만만한 미소를 짓고는 준비한 강의를 마무리해 갔다. 선오는 점점 그가 어떤 생각을 하는지 알 것 같았다. 조 선생은 인위적으로 어떠한 기억을 잘 떠올리지 못하게 하는 것을 훌륭한 일이라고 생각하고 있었다. 그에게 정말 선오와 같은 능력이 있는 거라면 조 선생은 남의 기억을 없애버리고도 남을 사람으로 생각되었다. 선오는 점점 조 선생이 수상하게 느껴졌다.

강의가 끝나자마자 선오는 다급하게 조 선생을 따라갔다.

"선생님!"

조 선생은 선오를 돌아보더니 반갑게 인사했다.

"선오 씨, 여긴 어쩐 일이세요?"

"괜찮으시면 잠시 이야기 나눌 수 있을까 해서요."

"오, 네, 그럼요. 다만 여긴 좀 시끄러우니까 같이 연구실로 가실까요?"

"네, 좋죠."

조 선생은 선오를 차에 태우고 다시 병원으로 향했다. 차 안에서 두 사람은 아무 말이 없었다.

"선오 씨도 인지 치료 분야에서 일한다고 하셨었는데, 사무소는 잘 되세요?"

조 선생이 먼저 말을 꺼냈다.

"아, 네. 뭐 그럭저럭."

다시 침묵이 흘렀다.

"강의 너무 잘 들었습니다. 선생님이 기억을 없애는 것에 관심을 많이 가지시는 이유가 혹시 기억을 지우고 싶다는 사람들이 많기 때문입니까?"

이번엔 선오가 먼저 물었다.

"네, 그럼요. 짐 캐리 주연의 「이터널 선샤인」이라는 영화가 개봉했을 때 그런 문의를 하는 분들이 많았었죠. 그때는 거의 연애 상담가였어요. 근래에도 꽤 많은 사람들이 찾아오고 있습니다. 연애에 국한된 주제들이 아니라는 것이 달라진 점이지요."

"그 사람들은 왜 기억을 지우고 싶어 하나요?"

"아까 강의할 때도 잠깐 언급했지만 요새 워낙 힘든 일들이 많잖아요. 범죄와 같은 중대한 일들뿐만 아니라 취직, 결혼, 육아와 같은 일상적인 일들조차도 점점 힘에 부치는 거죠. 비교할 대상도 인터넷을 통해 쉽게 찾을 수 있고요. 한때 유행했던 '나쁜 기억 지우개'에 대해 들어보셨죠? 잊고 싶은 기억을 털어놓고 그 기억을 지우는 행위를 통해 자신을 치유하는 현대인을 위한 인기 치료 프로그램 중 하나죠. 그런데 그 프로그램을 예약하려는 사람들이 줄을 선다고 합니다. 그만큼 힘든 일들을 그냥 다 잊어버리고 싶은 사람들이 많다는 거죠."

"정말로 기억을 지울 수 있나요?"

선오는 계속 창밖을 바라보다가 조 선생을 쳐다보며 물어보았다.

"뭐, 노력한다면 안 되는 게 있을까 싶어요."

중의적인 대답이었다.

"기억을 지운다고 행복해질까요?"

선오가 다시 창밖을 보며 조 선생에게 물었다.

"괴로움은 덜하겠죠."

"아픈 기억들이 당장은 무척 쓰겠지만, 앞으로 내가 어떻게 행동해야 하는지를 알려주는 지표가 될 수도 있잖아요."

"선오 씨는 꽤나 긍정적인 분이네요."

선오가 조 선생을 쳐다보자 조 선생도 힐끗 선오를 쳐다보았다. 조 선생은 미소 짓고 있었지만 눈은 웃고 있지 않았다.

"세상에는 남들이 짐작도 못 하는 고통이 많죠. 그런 고통을 그냥 견디라고 말하는 건 무책임한 겁니다. 극복하라고요? 어떻게요? 아무것도 알려주지 않으면서 나약한 사람 취급을 하죠."

"아니요, 제 말은 그게 아니라⋯⋯."

"다르지 않습니다. 그들을 위해 선오 씨는 도대체 뭘 해줄 수 있죠? 정말 세상이 지옥 같다고 느껴질 때 선오 씨가 그들에게 해줄 수 있는 일이 뭐죠?"

"혹시⋯⋯ 조 선생님."

선오가 조심스럽게 물었다.

"혹시, 말도 안 되는 줄은 알지만 기억을 지울⋯⋯."

선오가 막 정말 궁금한 것을 물어보려는데 핸드폰이 울렸다. 선오는 무시하려고 했으나 희주의 전화였다.

"아, 편히 받으세요."

조 선생이 그의 말을 기다리다가 말했다. 선오는 조 선생 눈치를 보고는 전화를 받았다.

"네, 희주 씨."

"선오 씨 지금 어디예요?"

"네? 무슨 일 있나요?"

"엄마가 올라오신다고 하셔서요. 너무 갑작스럽죠? 미안해요. 혹시 같이 엄마를 만나실 수 있을까 해서 전화했어요. 2시쯤에 므네모스에서 만나 같이 갈까요? 시간 되세요?"

선오는 조 선생을 쳐다보았다. 조 선생은 무표정한 얼굴로 운

전을 하고 있었다. 2시까지 므네모스 사무실로 돌아가려면 지금 여기서 돌아가야 했다. 병원까지 갔다가 가기엔 시간이 빠듯했다.

"네, 그럼 그렇게 해요."

선오는 무엇보다 희주의 상태가 빨리 호전되는 것이 중요하다고 생각했다. 전화를 끊은 선오는 조 선생에게 근처에서 세워 달라고 했다.

"제가 다시 연락드릴게요, 선생님. 같은 업계 종사자로서 이 것저것 고충을 나누고 싶네요."

선오가 둘러대자 조 선생이 싱긋 웃으며 대답했다.

"오, 그럼요. 언제든 연락하세요."

조 선생은 다정하게 손을 흔들고는 차를 출발시켰다.

✦˙

희주의 엄마는 수척해 보였다. 그러나 딸을 보자 금세 밝은 얼굴로 마중 나온 희주를 향해 걸어왔다. 희주의 엄마는 경기도에서 작은 카페를 운영하였는데 그래서 그런지 그녀에게는 은은한 커피 향이 났다.

"이럴 줄 알았어. 그냥 오라니까."

"할머니 챙겨드리면서 싸 왔어."

희주의 엄마가 희주에게 분홍색 보자기로 꽁꽁 묶은 반찬 통을 내밀었다. 그러다가 문득 딸 옆에 서 있는 선오를 보며 희주에게 물었다.

"그런데, 누구……."

"아, 그게……."

이번에도 희주가 뭐라 대답하기 전에 선오가 말했다.

"희주 남자 친구 정선오입니다. 어머니, 제가 들게요."

희주의 엄마는 놀란 눈으로 희주를 보더니 말했다.

"어머, 말을 하지."

엄마는 희주에게 곁눈질하며 '웬일이래.' 하는 듯한 표정을 지었다.

희주는 엄마에게 자신의 자취방에서 자고 가라고 했지만, 엄마는 그곳에서 자면 답답해서 잠이 안 온다며 금방 버스를 타고 돌아가겠다고 고집을 부렸다. 그러면서 괜히 빨리 가서 카페 청소를 해야 한다고 덧붙였다. 선오가 집까지 모셔다드리겠다고 하는 것도 거절하며, 버스를 타고 내려가면 된다고 손사래를 쳤다.

"선오 씨가 태워준다니까."

"아냐, 엄마 혼자 갈 수 있어."

엄마는 딸의 남자 친구가 아직은 어색한 것 같았다. 선오는 희주의 엄마가 챙겨온 반찬 통을 차 앞 좌석에 싣고 함께 버스

터미널 근처 카페에 들렀다. 희주의 엄마가 타야 할 버스가 배차 간격이 길었기 때문이었다. 선우는 '그간의 근황도 이야기 나눌 겸 버스도 기다릴 겸'이라는 핑계로 카페를 가자고 제안했지만, 사실 어떻게든 희주의 엄마를 통해 희주와 연관된 일들을 알아내려는 생각이 가득했다. 선오는 희주에 대한 여러 가지를 그녀에게 물어보았다.

"어머니, 희주 씨는 어릴 때 어떤 아이였어요? 이야기를 잘 안 해줘요."

"희주? 희주야 항상 착한 아이였죠."

그녀는 옛날 일을 회상하듯 먼 곳을 응시했다.

"희주는 불평을 잘 안 하는 아이였어요. 우리 집이 그렇게 잘 사는 집은 아니었는데, 크게 속 썩이지도 않고 학원도 안 가고 혼자 공부했어요. 희주는 묵묵히 자기 일만 하는 아이였어요."

희주는 자기 이야기가 쑥스러운지 괜스레 커피잔을 만지작거렸다.

"혹시 희주 씨에게 특별히 큰일이 있거나 하진 않았던 거죠?"

"음? 글쎄요. 특별한 일은 무엇을 말하는 걸까요? 워낙 조용하고 자기 이야기를 잘 안 하는 스타일이어서 크게 기억날 만한 일이 없는 것 같은데요. 제가 희주 어릴 때 많이 바빴어요. 사실 제가 많이 못 챙겨줬죠. 항상 미안해요, 그래서."

희주는 엄마가 바빴던 것조차 잘 기억이 안 나는 것 같았다.

희주는 어느덧 중학교 2학년 때를 지나 3학년 때 일들까지 잊어버리고 있었기 때문이었다.

"그러면 희주 씨는 항상 집에서 혼자 공부를 한 건가요?"

"네, 독서실도 돈 든다고 안 가고 혼자 집에서 공부했어요. 그냥 내가 많이 미안할 뿐이에요. 이렇게 잘 자라줘서 너무 고맙고요."

"동생은요?"

"동생은 따로 기숙 학원에서 지냈어요. 어릴 때부터 의사가 되고 싶다고 해서요. 희주는 도서관 사서가 되고 싶다고 난리 쳐서 얼마나 걱정했는지 몰라요. 저게 돈은 벌 수 있을까 하고요."

"아, 희주 씨가 원래 도서관 사서가 꿈이었어요?"

희주도 신기한 듯 엄마를 뚫어져라 쳐다보았다.

"네, 워낙 혼자 도서관에 있는 시간이 많았어요. 그 도서관의 책들을 다 읽어보고 싶은데, 그러려면 도서관 사서가 되는 방법밖에 없다고 어느 날 그러더라고요."

"그런데 왜 도서관 사서가 되는 걸 그만둔 거예요?"

"현실을 알게 된 거죠, 뭐. 대기업 이런 데가 돈을 더 많이 주니까요."

"뭔가 안타깝네요."

선오가 쓸쓸한 듯 말을 이었다.

"왠지 희주 씨는 좋은 사서가 되었을 것 같은 느낌이 들어서요……."

희주는 본인이 사서가 되고 싶었던 기억이 전혀 없음에도 불구하고 선오가 그렇게 말해주니 왠지 모르게 기분이 좋았다. 희주는 살짝 어색한 분위기를 바꾸기 위해 다른 이야기를 꺼냈다.

"엄마, 반지는 찾았어?"

"못 찾았어. 없어졌나 봐."

희주 엄마가 울상을 지으며 핸드백을 살짝 뒤져보았다. 자기가 미처 발견하지 못했을 뿐이기를 바라는 듯했다.

"내가 볼 땐, 어디 마트 이런 데 가서 손 씻다가 두고 왔을 것 같아. 엄마, 반지 끼고 어디 어디 갔어?"

"아, 글쎄, 몇 군데 돌아다니긴 했지. 거기서 두고 왔나. 이따가 한번 전화해 봐야겠다."

희주의 엄마는 메모를 하기 위해 핸드폰을 집었다가 깜짝 놀라 말했다.

"아이쿠, 이제 시간이 다 되었네. 가봐야겠어요."

선오는 점점 초조해지기 시작했다. 희주 엄마의 머리에 손을 어떻게 갖다 대어야 할지 몰라 안절부절못하고 있었다. 갑자기 머리에 손을 올리면 당황스러워하실 것이었다.

'어쩌지, 새치라도 떼어드린다고 해야 할까.'

그녀는 핸드폰 화면에 큰 글씨로 쓰여 있는 숫자를 보며 급하게 자리에서 일어났는데, 재킷을 들다가 주머니에 있던 동전들과 영수증들이 빠져나와 바닥에 떨어졌다. 선오가 대신 주워드리려 했으나 희주 엄마는 직접 줍겠다고 허리를 굽혔다. 선오는 이때다 싶어 그녀의 머리가 책상에 부딪히지 않도록 자연스레 손으로 막아드리는 척하며 살며시 머리에 손을 얹었다.

희주 엄마의 머리가 선오의 손에 닿는 순간 선오는 드디어 그녀의 도서관을 보게 되었다.

✦˙

그곳은 선오가 본 어느 도서관보다도 환한 도서관이었다. 마치 노을이 진 듯 노랑, 주황색 빛깔에 감싸인 도서관이었다. 선오는 시간이 없다는 생각에 얼른 최근 기억들을 뒤져보았다.

'반지, 반지.'

다행히 최근의 책들이 다 얇아서 후루룩 찾아보기 쉬웠다. 희주 엄마는 친정에 내려가서는 다른 사람들과 별다른 교류가 없었던 것 같았다. 책을 이리저리 훑어보던 선오는 '반지'에 대한 내용이 있는 것을 찾아내었다.

그녀가 반지를 잃어버린 것은 희주에게 반지를 본 적 있냐는 전화를 하기 바로 며칠 전이었다. 선오가 반지를 찾아내서 다행이라는 생각을 한 것도 잠시, 그는 반지를 잃어버린 날의 내용이 적힌 곳 주변에 뭔가 반짝반짝 빛나는 것을 발견했다. 몽그리 뭉치였다. 밝은 도서관 안에서 몽그리 뭉치가 빛에 반사되어 반짝반짝 빛나고 있었다.

선오는 그제야 왜 이렇게 밝은 느낌이 드는지 의아해하며 주변을 둘러보았다. 그리고 그동안 봐왔던 일반적인 도서관과 다른 점을 발견했다. 몽그리들이 별로 없었다. 선오는 도서관을 좀 더 걸어가 보았다. 선오가 주변에 있는 책을 펼쳐보자 주변 책들에 몽그리 흔적들이 많이 묻어 있는 게 보였다. 선오는 이게 뭘 의미하는지 알고 있었다.

+·⁺

"고마워요."

희주의 엄마는 선오의 배려에 머쓱한 듯 인사를 했다.

선오는 희주가 궁금한 얼굴로 그를 쳐다보고 있는 것을 발견했다. 선오가 어색하게 웃었다. 희주는 그 웃음의 의미가 무엇인지 잘 모르겠다는 표정이었다.

"어머니, 잠시만요."

카페에서 나오자 선오가 희주의 엄마에게 잠시 기다리라고 말한 뒤 어디론가 달려갔다. 선오는 차 트렁크로 재빨리 달려가 희주 엄마가 희주에게 건네주었던 분홍색 보자기 반찬 통을 가지고 왔다. 그리고 갑자기 보자기를 풀기 시작했다.

"아니, 잠시만요. 뭐 하시는 거예요?"

희주가 갑작스러운 선오의 행동에 당황해서 물었다. 희주의 엄마도 황당하다는 눈빛으로 그런 선오를 쳐다보고 있었다.

"찾았다."

선오는 반찬 통 맨 밑에 있던 반지를 발견했다.

"어머, 내 정신 좀 봐. 이거 내 결혼반지예요."

희주 엄마는 반색을 하며 선오가 내민 반지를 받아 들었다.

"이거 여기 있는 거 어떻게 알았어요?"

그녀는 계속 반지를 이리저리 보며 신기한 듯 물었다.

"아까 저에게 건네주실 때 뭔가 밑에 만져진 것 같아서, 생각난 김에 확인해 보려고 가져왔어요."

선오가 머쓱하게 웃었다. 희주는 선오가 엄마의 기억 속을 들여다보고 물건을 찾아냈다는 사실에 감탄하고 있었다. 그의 능력을 여태까지도 반신반의하고 있었는데, 선오가 정말 남들에게 없는 능력을 가지고 있다는 게 새삼 실감이 되었다.

"너무 다행이다. 계속 찾고 있었거든요. 정말 고마워요."

희주 엄마는 반지를 얼른 손에 끼웠다.

"엄마도 참, 반지를 거기다 놓으면 어떡해."

희주는 못 말린다는 표정으로 엄마를 쳐다보았다.

"아니, 이게 왜 여기 들어가 있니. 진짜 신기하네."

희주 엄마는 멋쩍은 듯 웃었다.

선오는 그녀가 희주에게 반찬을 싸줄 반찬 통이 마땅한 게 없어서 그릇들을 뒤적이다가 쓸 만한 것을 찾아내고는 미리 준비해 놓은 분홍 보자기 위에 반찬 통들을 올려두었다는 것을 알수 있었다. 그리고 그사이 오징어를 손질하다가 먹물이 손에 묻자 잠시 반지를 빼놓고 손을 씻었는데, 그때 반지를 보자기 위에 올려놓았던 것이다. 그녀는 음식을 준비하면서 보자기 위에 반지를 올려놓았다는 사실을 까맣게 잊었다. 몽그리 뭉치가 들러붙었던 것이다. 그래서 그대로 반지를 반찬 통과 함께 보자기로 싸버리게 되었다.

마지막에 서울로 올라갈 준비를 하면서 미리 준비한 여러 반찬들을 반찬 통에 옮겨 담을 때에도 그 작은 반지는 보자기에 가려져 모습이 보이지 않았다.

"정말 고마워요. 잃어버린 줄 알고 속상했는데 이제야 마음이 놓이네요. 나한테 정말 소중한 거예요."

희주 엄마는 환한 얼굴로 손가락에 끼워진 반지를 소중한 듯 어루만지고 있었다. 선오는 괜스레 쑥스러워져 목덜미가 간지러웠다.

"아니에요. 저도 혹시나 한 거라서……. 찾으시게 되어 다행입니다."

"다음에 놀러 와요. 맛있는 거 해줄게요. 희주야, 같이 꼭 한번 찾아와 알겠지?"

희주도 엄마가 기뻐하자 덩달아 웃음을 지으며 말했다.

"알겠어, 갈 때 연락할게. 조심해서 가고, 알았지? 이제 진짜 조심해, 엄마."

"알았어, 또 보자. 전화할게. 고마워요, 들어가요."

희주 엄마가 희주와 선오에게 번갈아 손을 흔들며 버스 터미널로 들어갔다. 그 모습을 끝까지 지켜보며, 희주는 엄마가 준 반찬 통을 보물이라도 되는 듯 소중하게 품에 안고 있었다.

잠시 후, 차 안에서 희주가 선오에게 장난스럽게 말했다.

"용케 반지를 찾아냈네요. 선오 씨는 물건 잃어버릴 일 없어서 좋겠어요."

희주가 부러운 듯이 선오를 쳐다보았다. 선오는 자신의 기억은 볼 수 없다는 것을 굳이 이야기하지 않기로 했다.

"금방 찾아낼 수 있었어요. 책들이 많이 안 두꺼워서 금방금방 볼 수 있었거든요. 단조로운 생활을 하시나 봐요."

"엄마한테 뭐 알아낸 거 있어요?"

희주가 선오에게 궁금하다는 눈빛을 보내며 물었다.

"음, 조금요?"

"정말요?"

희주가 놀란 듯 물었다.

"희주 씨 어릴 때 심심했겠다는 거."

"그걸 알아봤자 별로 내 상태를 해결하는 데 도움이 안 될 것 같은데요."

희주가 김샜다는 얼굴로 선오를 보며 말했다.

"저, 희주 씨."

선오가 무엇인가를 말하려다 망설였다.

"네?"

"가족들이랑은 많이 친해요?"

"네, 친한 편이죠. 한 달에 한 번씩 꼭 만나서 밥을 먹고, 날씨 좋으면 나들이도 가고요. 엄마가 자주 놀러 가자고 하시죠. 보통은."

어느새 희주의 집 근처였다. 희주가 내리려고 하는데, 선오가 머뭇거리며 희주를 불렀다.

"희주 씨……."

선오가 희주를 보고 진지한 얼굴로 말했다. 희주는 새삼 선오의 진지한 얼굴을 보는 게 처음인 것 같다는 생각이 들었다.

"네?"

"아까, 어머니 기억 속을 보게 되면서 알아냈는데요."

선오는 망설이다가 입을 열었다.

"어머니가 치매 증상이 있으신 것 같아요."

희주의 얼굴이 굳어졌다.

선오는 희주 엄마의 기억 속을 떠올렸다. 몽그리들은 정신적인 문제가 발생했을 때 유난히 끈적거리고 서로 잘 들러붙는다. 그리고 이러한 몽그리 뭉치들은 치매 증상이 있을 때 많이 발견되었다. 몽그리들이 끈적끈적해지면 몽그리가 책을 만질 때마다 몽그리 흔적들이 들러붙게 되었고 책들이 손상되었다. 희주 엄마의 기억 속 책에 몽그리들이 드문드문 붙어 있는 것으로 봐서 중증 치매는 아닌 것 같았다.

짧은 시간이었음에도, 선오는 그녀가 친정에 내려간 진짜 이유도 알아냈다. 희주의 엄마는 외할머니가 아프셔서 친정에 내려간 것이 아니라 본인이 치매라는 것을 알고 친정 근처에 있는 유명한 치매 치료 병원에서 진료를 받아보기 위해 그곳에 간 것이었다. 그녀는 병원에서 간단한 약물 치료를 받고 집에 와서는 계속 잠을 잤다. 잠을 자면 회복이라도 되지 않을까 싶어서였을 것이다.

선오가 희주에게 이 사실을 말했을 때 희주는 그 사실을 쉽게 받아들이지 못했다. 그간 전혀 눈치채지 못했기 때문이었다. 희주는 선오에게 치매를 치료할 수 있는지 물었다. 선오는 자신이 치료할 수 없는 분야라고 담담히 대답했다.

✦⋅⁺

희주는 처음엔 놀랐지만, 고민에 빠졌다. 고민 끝에 엄마에게 치매가 맞는지 조심스레 물어보았다. 엄마는 희주의 물음에 놀랐지만 이내 인정했다. 어느 날부터 자꾸 깜빡깜빡하는 것이 이상해 혹시나 이상이 있는지 검사를 받아보았다고 했다. 초기 치매 증상이라는 것을 깨닫고는 가족들에게 외할머니를 보러 간다고 하고 외할머니댁에서 가까운 치매 전문 병원에 다녔다고 했다.

몇 주 동안 희주는 므네모스를 찾아가지 않았다. 선오에게 엄마의 치매 사실을 듣게 된 날부터 주말마다 본가에 내려가 엄마와 함께 있었기 때문이었다. 희주의 동생 역시 학업으로 바쁜 와중에도 주말마다 본가에 내려와 엄마를 돌보았다.

몇 주가 지나고 선오는 오랜만에 희주에게 전화를 걸어 안부를 물었다. 선오는 괜히 어색한 느낌이 들어 치매는 치료법에 따라 그 시기를 늦출 수 있다는 이야기를 꺼냈다. 그러자 희주는 그렇지 않아도 엄마가 걱정되어 그나마 안면이 있는 조 선생님한테 상담을 신청했다고 했다. 희주의 엄마가 주말마다 치매 치료를 받고 있기 때문에, 조 선생에게 면담을 신청한 것은 본격적인 진료 상담이라기보다는 엄마의 치매 증상이 치료될 수 있다는 희망을 보고 싶은 것이 더 큰 목적이었을 것이다. 선오는 왠지 모를 불안한 마음에 조 선생과의 면담에 동행하겠다고 제안했다.

희주와 선오를 오랜만에 본 조 선생은 반가운 기색을 감추지 않았다. 희주가 엄마의 상태를 이야기하자 조 선생은 담담하게 희주에게 말했다.

"아, 어머님이 치매 초기 증상을 보이시는 것 같네요."

"네, 치매는 치료가 어렵다고는 해도 늦출 수는 있다고 해서요. 제가 아는 의사 선생님이 조 선생님밖에 없어서 혹시 제가 엄마의 치매 치료를 위해 할 수 있는 게 있는지 물어보러 왔어요."

"잘 오셨어요. 치매는 치료할 수 없다고 미리 포기하시는 분들이 많은데, 치료를 포기하지 않고 증상을 늦추기 위한 노력을 하는 게 중요해요. 치매의 초기 증상인 인지 장애를 개선할 수 있는 방법은 사실 명확히 밝혀진 게 없긴 합니다. 하지만 일부 연구에서 도네페질, 비타민 E 등이 인지 저하에 효과가 있다는 것을 밝혀냈어요. 약물 치료를 시작할 수도 있을 거고요. 인지 치료도 병행하면 지금보다 더 악화되지 않을 수 있을 거예요. 너무 걱정 마세요."

조 선생은 부드러운 표정으로 희주를 따뜻하게 바라보았다.

"정말 다행이에요."

희주는 조금 안심이 되었다.

"이렇게 된 거, 제가 제대로 치료해 드려야겠는걸요?"

"정말요?"

"스케줄 좀 봅시다. 다음 주 이 시간에 어머님이랑 같이 오세요. 제가 이 분야의 전문가잖아요."

희주는 눈물이 날 것 같았지만, 꾹 참으며 조 선생에게 연신 고맙다고 말했다.

"그런데 치매라는 건 어떻게 알게 되신 건가요?"

"아, 그게…… 선오 씨랑 같이 엄마를 만났는데요, 선오 씨가 엄마 머릿속에 이상한 게 있다고 해서…… 아!"

희주는 자신도 모르게 나온 말을 수습이라도 하듯 입을 틀어 막았다. 그리고 선오의 눈치를 보았다. 선오가 희주의 말을 정정했다.

"제가 어머니를 지켜보니 증상이 치매랑 비슷하다고 희주 씨에게 말해주었습니다."

"아, 다행이네요. 선오 씨도 이쪽 분야에서 일하시니까 금방 눈치채셨나 보네요."

조 선생은 희주를 보고 빙긋 웃어 보였으나 이내 표정이 변한 것을 희주는 미처 눈치채지 못했다. 선오는 조 선생을 계속 관찰하고 있었기에 그의 표정이 변한 것도 눈치챘다.

조 선생은 희주에게 상담을 온 김에 기억력 감퇴 증상이 좀 나아졌는지도 확인해 주겠다고 했다. 선오는 조 선생이 혹시 기억을 건드릴 수 있는 이가 아닐까 하고 매의 눈으로 노려보았다. 희주는 조 선생의 말에 집중하느라 선오가 이전과 달리 조 선생을 조금 쌀쌀맞게 대하고 있다는 것을 눈치채지 못했다.

조 선생은 희주에게 예전 기억들을 물으며 간간이 차트를 정리했다. 선오는 차트에 무엇을 쓰는지 1초라도 놓치지 않기 위해 눈 한번 깜빡이지 않고 뚫어져라 보느라 눈물이 날 것만 같았다. 조 선생은 뒤이어 희주의 체온과 맥박도 확인했다. 그러고는 이전과 달리 스트레스 지수가 많이 낮아진 것 같다고 했다.

의사들이 으레 하는 행위들과 동일했다. 선오는 조 선생에게 묻고 싶은 것이 많았지만 아직 엄마 생각이 머리에 가득한 희주에게 복잡한 이야기는 하기 싫었다.

선오는 그렇게 다음을 기약하며 희주와 함께 병원을 나왔다.

선오의 도서관

태준은 한가해졌고 은아는 파트타임 아르바이트를 시작했다고 했다. 은아는 여전히 기억들이 뒤죽박죽인 느낌이 들지만, 그럭저럭 괜찮다고 했다. 선오는 은아가 점점 새로운 책들로 기억의 도서관을 채워가고 있는 것이라고 생각했다.

오늘은 선오와 희주뿐만 아니라, 태준과 은아도 함께 므네모스 사무실을 방문했다.

"아, 여기가 선오 씨가 일하는 곳이야?"

은아는 신기한 듯 소파에 앉아 사무실의 이곳저곳을 둘러보았다. 은아가 온갖 책들에 정신이 팔려 있을 때, 선오가 커피 네 잔을 타서 가져왔다. 그들은 어느새 자연스럽게 수다를 떨기 시작했다.

그러던 중 태준이 말했다.

"어릴 때 너희 둘이 엄청 사이좋았는데, 언제부턴가 서로 노려보고 난리였잖아. 그런데 어떻게 다시 친해진 거야?"

선오는 가장 멀쩡한 태준의 기억을 보고 싶어서 손이 몹시 근질거렸으나 갑자기 그의 머리에 손을 갖다 대면 무척 이상하게 여길 것이 분명했기에 겨우 참고 있는 중이었다. 그래서 어떻게 머리에 손을 대는 게 자연스러울지 계속 궁리하고 있었다.

"내가 은아랑 싸웠다고?"

희주는 믿을 수가 없었다.

'이렇게 잘 통하는데?'

"얼핏 나 때문이라고 들었던 것 같은데."

태준이 말했다.

"너 꽤 뻔뻔해졌다?"

은아가 태준의 말에 비웃으며 말했다. 희주는 오랜만에 은아와 태준과 시시덕거리는 게 그저 즐겁기만 했다. 희주는 얼마 전까지만 해도 혼자 있는 것이 가장 편하다고 생각했었는데, 어느새 이렇게 누군가와 이야기하는 것이 즐겁다고 생각하고 있는 자신이 새삼스러웠다. 어릴 때도 이렇게 즐거웠나 하는 생각이 들었다. 삶에 지쳐 즐거움을 잊고 살았나 하는 생각도 들었다.

"사건은 잘 마무리된 거야?"

희주가 태준에게 물었다.

"응, 이현수 경사가 속해 있던 강력 수사 팀 조사도 모두 잘 마무리되었어. 거기 반장이며 팀원들 싹 다 바뀌었거든."

"그러고 보니 너는 조 선생님을 어떻게 알게 된 거야?"

"그, 이현수 경사가 자기 아는 분이라고 알려줬었어."

"아, 그래? 근데 병원에서 봤을 때는 둘이 원래 아는 사람 같아 보이진 않았는데."

"뭐, 정신없으셨을 테니까. 처음 시도하는 거라 그분도 긴장 많이 하셨을 거야."

가만히 듣고 있던 선오가 말했다.

"그럼 조 선생님하고 이현수 경사가 서로 만난 적 있단 말인가요?"

"네, 그렇지 않을까요. 조 선생님을 원래부터 아는 사람인 것처럼 이야기했었거든요."

선오는 꺼림칙한 기분이 들었다. 조 선생은 이현수 경사를 아는 사람처럼 말한 적이 없었기 때문이었다. 둘이 원래 아는 사이였다면, 세상 친절해 보이는 조 선생이 아는 척을 하지 않았다는 게 이상했다.

마침 은아가 배고프다고 말을 했고, 다들 밥을 먹으러 나갈 준비를 했다. 선오는 희주 옆으로 와 짧게 속삭였다.

"오늘은 내가 빠지는 게 좋을 것 같아요. 친구들하고 편하게 놀다 와요. 예전 이야기 많이 하면서 혹시 기억나는 거 있으면 이야기하고요. 알겠죠?"

"어디 가려고요?"

"그건 갔다 와서 알려줄게요."

"저 혼자 기억을 되찾을 실마리를 잡아낼 수 있을까요?"

"오히려 제가 없어서 다들 편하게 이야기할 수 있지 않을까 싶어요. 오늘 못 찾아내면 다음에 또 자리를 마련하면 되니까요. 너무 걱정하지 말아요."

희주는 사실 본인의 기억에 대한 걱정도 걱정이지만, 선오 없이 친구들과 있어 본 적이 없었기 때문에 살짝 긴장되었다. 혹시나 친구들과 있을 때 어색하지 않을까 걱정되었다. 그렇지만 한편으로는 기대가 되는 것도 사실이었다. 어떤 재밌는 이야기들을 나누게 될까 하고.

선오는 희주와 친구들을 고깃집 근처에 태워다 주고는 곧장 조 선생의 병원으로 향했다. 선오는 조 선생의 병원으로 향하며 며칠 전부터 조 선생과 면담 날짜를 잡아보려고 했었던 것을 떠올렸다. 조 선생은 선오가 물어본 모든 날짜와 시간에 선약이 있다고 했다. 그래서 예약이 취소되면 다시 연락을 주겠다고 했으나 며칠째 아무런 연락이 없었다. 선오는 조 선생이 자신을 일부러 피한다는 느낌을 지울 수 없었다. 그래서 직접 찾아가기로 했다.

"조 선생님은 오늘 휴가세요."

조 선생의 사무실 앞에서 이름을 대자, 데스크에 있던 간호사가 살짝 당황하는 듯하더니 대답했다.

선오는 나가려고 몸을 돌리던 찰나, 조 선생의 사무실에 불이 켜져 있는 것을 힐끗 보았다. 선오는 살짝 망설였지만 지금 지체했다가는 꽤 오랫동안 조 선생과 마주치기 어려울 것 같다는 생각이 들어 무작정 조 선생의 사무실로 뛰어 들어갔다.

"이보세요. 잠시만요."

선오가 막무가내로 조 선생의 사무실로 들어가려 하자 간호사가 펄쩍 뛰며 데스크에서 나와 선오를 제지하려고 했다. 선오는 재빨리 조 선생의 사무실로 들어갔다. 조 선생은 피곤해 보이는 얼굴로 의자에 반쯤 누워 눈을 감고 있다가 선오가 들어오자 눈을 떴다.

"선생님, 죄송해요."

간호사가 안절부절못하자 조 선생이 말했다.

"괜찮습니다. 급한 일인 모양이네요. 여기로 앉으시죠."

평소보다 피곤해 보이는 조 선생은 어디를 다녀온 듯 겉옷을 그대로 입고 있었다.

"제가 오늘 좀 쉬고 싶어서……. 저를 찾아오시는 분이 있으면 다시 약속을 잡아달라고 부탁했어요. 선오 씨가 이렇게 급하게 올 줄은 몰랐네요."

평소와 같이 부드러운 말투였으나, 어딘지 모르게 말에 뼈가 있었다.

"조 선생님, 여쭤보고 싶은 게 있습니다."

"네, 얼마든지요."

"갑작스러운 줄은 알지만, 피차 서론이 길어지는 건 시간 낭비일 것 같으니 단도직입적으로 묻겠습니다. 혹시, 이현수 경사와 원래 알던 사이셨습니까?"

"갑자기 그게 무슨 말이죠?"

조 선생이 선오에게 물었다. 선오는 망설이다가 결심을 한 듯 조 선생에게 말했다.

"이현수 경사의 부탁으로 용의자로 몰렸던 채우진 씨의 기억을 지운 사실이 있습니까?"

"기억을 지우다니요?"

"혹시, 송은아 씨의 기억을 엉망으로 만들어 놓은 것도 조 선생님이세요?"

"선오 씨 무슨 말을 하시는 건지 모르겠습니다."

조 선생은 계속 책상을 바라보다가 선오를 똑바로 바라보며 말했다. 어느새 그의 표정은 차가워져 있었다.

"우리는 기억을 지워버릴 순 없습니다. 그저 기억을 회상하기 어렵게 만든 거란 걸, 선오 씨는 알고 계실 줄 알았는데요."

"역시…… 책을 훼손한 것이 선생님이었군요."

"하하하."

조 선생이 자조적인 웃음을 지었다.

"생각보다 늦게 발견하셨네요. 저는 단번에 알아챘는데."

선오는 조 선생을 바라보기만 할 뿐 아무 말도 하지 않았다.

"은아 씨를 찾아온 날부터 알아봤죠. 내가 기껏 만져놓은 은아 씨의 기억을 좀 되돌려 놓으셨더라고요? 제가 그거 다시 구겨놓느라 얼마나 힘들었는지 아십니까."

선오는 이내 분노한 얼굴로 변해가고 있었다.

"그 기억도 그 사람 인생의 한 부분이에요. 그렇게 마음대로 훼손하면……."

"훼손이라니요, 선오 씨. 그분들이 제게 부탁한 것입니다. 제발 그 기억을 없애달라고요."

선오는 조 선생을 노려보았다. 어떻게 하지 못해 노려보는 것으로 화를 참고 있었다.

조 선생은 한 환자의 차트를 꺼내 선오에게 보여주었다.

"자, 이렇게나 많은 사람들이 저를 찾아와서 기억을 지워달라고 호소합니다. 저는 그럼 간단히 그들의 기억을 들여다보고 떠올리기 어렵게 조치하면 됩니다. 그것뿐이에요. 이걸 훼손이라고 하다니. 선오 씨는 힘든 기억이 없어서 잘 모르나 본데, 그 기억들만 없어도 그들의 인생은 매우 달라집니다."

"하지만, 언젠가 그런 기억들이 한 사람의 인생에서 가장 중요한 역할을 할 수도 있습니다. 가장 힘든 일들을 생각하며 지금은 힘든 게 아니라고 생각할 수도 있고, 가장 힘든 일들을 극복한 자신을 보며 자존감이 높아질 수 있어요."

"하하. 큰 어려움 없이 자란 티를 내시네요. 그것은 그렇게 중요하지 않아요. 아픈 기억이 없어지는 것만큼 그들의 인생에서 중요한 것이 있을 것 같으세요? 아니요, 정말 괴로운 기억은 인생에 있어 아무짝에도 쓸모없어요. 사람의 자존감을 갉아먹고, 평생을 괴로움 속에서 살게 하는 그런 끔찍한 기억도 있다고요. 고작, 선오 씨가 말한 이유 때문에 기억을 못 지운다고 하면 환자들이 오히려 화를 낼걸요."

"하지만 그들도 알아야 해요. 적어도 앞으로의 인생에서 그 기억이 정말로 필요 없는지, 괴로운 기억을 극복하면서 얻을 수 있는 것들을 정말 포기할 것인지 동의를 구하지 않았잖아요."

"어떻게 동의를 구해야 할까요? 그들이 내 말을 믿을까요? 나도 선오 씨처럼 이상한 이름의 사무실을 차리고 미신이나 믿는 사람들을 기다리면 될까요? 아니요, 나는 좀 더 대단한 일을 할 것입니다."

조 선생은 자신의 신념을 강하게 주장했다.

선오는 화가 나면서도 혼란스러웠다. 기억이 뒤죽박죽 얽혀

버린 사람이 정상적으로 살 수 있을까? 정말 나쁜 기억을 지워버리는 것이 답일까?

"전에도 말했지만, 저는 기억을 지워달라고 부탁하는 사람들에게만 조치를 해줍니다. 내가 채우진 씨의 기억을 망쳐놓았다고 생각했나요? 아니요, 그건 채우진 씨가 자신의 기억을 망쳐놓은 겁니다. 채우진 씨는 자존감이 무척 떨어져 있는 상태였어요. 그 상태에서 많은 사람들이 범인이라고 몰아세웠죠. 그런데 신기하게 스스로 기억을 세뇌하고 있었어요. '나는 무능한 인간이니까 내가 정말 그런 범죄를 저질렀을 수 있다.'라고. 그 기억은 내가 만지지 않았어요. 난 그저 조금 더 그 기억에 집중할 수 있게 조치한 것뿐입니다. 그 사람을 그렇게 만든 건 지금 이 사회에서 멋대로 평범한 삶의 방식을 세워놓고 따라오지 못한다고 채우진을 보챘던 당신들이란 말입니다."

조 선생은 분노에 찬 시선으로 선오를 노려보았다. 누군가의 부탁으로 조 선생이 채우진의 기억 속에 들어갔었던 것은 맞다는 것을 스스로 이야기한 셈이었다. 그 누군가는 이현수 경사일 것이 분명했다.

"내가 이현수 경사를 피한 건 그 사람이 얼마나 나쁜 짓을 하고 있는지 알았기 때문입니다. 다들 믿지 않았지만, 난 뇌파 검사로 그의 잘못이 드러날 것이라 믿어 의심치 않았어요. 아직도 많은 사람들이 인지 치료 분야를 마치 심령술 같은 것으로 여기죠. 신빙성이 떨어지는 분야라고요. 아니요, 인지 심리학은 객관적인 사실만을 말하는 엄연한 과학입니다. 내가 먼저 이현수 경사가 거짓말을 한다고 했으면 당신들이 믿어주었을까요? 아니요, 의사를 바꿔서 실험했겠죠. 나는 내 검사 결과로 증명하려고 했습니다. 그 증명은 성공했고요.“

조 선생의 눈에서는 자부심이 엿보였다.

그 순간, 선오는 얼핏 태준이 뇌파 검사를 계속 의심하는 발언을 했었던 게 생각났다. 뇌파 검사의 신빙성에 의문을 제기하는 태준에게 조 선생은 뇌파 검사는 원래 정확하다며 발끈했었다. 그만큼 조 선생은 자신의 분야에 굉장한 자부심을 가지고 있었던 것이다. 그리고 자신만의 방식으로 사건을 해결하려고 했다.

조 선생은 더 이상 날카로운 눈빛을 숨기지 않았다. 조 선생은 선오를 정면으로 응시하며 천천히 그에게 다가갔다.

“그래요, 이현수 경사는 내 환자였습니다. 이현수 경사도 나를 아는 척하기 싫었겠죠. 한동안 그가 괴롭다, 잊고 싶다고 하는 사실들을 제가 흐리게 만든 건 맞습니다. 꽤 오랫동안 팀에서 따돌림을 받았더군요. 그래도 저와 진료를 시작하며 조금은 나아지는 것 같았습니다. 이현수 경사가 채우진을 무고한 범인으로 본 것이 들통 난 그날, 나는 벌벌 떨고 있는 그를 내 진료실로 데리고 와 그의 기억에 들어갔죠. 역시나 다시 새로운 끔찍한 기억들이 만들어져 있더군요. 나는 순순히 사실을 말하라고 다그쳤습니다. 이렇게 계속 끔찍한 기억들을 만들어 내며 나를 찾아오기보다 이제 그곳에서 벗어나라고요. 나는 이현수 경사를 구해낸 것입니다."

조 선생의 목소리는 단호했다.

"여전히, 누군가 내게 다가와 자신의 기억을 지워달라고 하면 나는 똑같이 할 겁니다. 그 사람들에게 그것이 최선의 방법이니까요. 나는 내 방식대로 사람들을 구원하고 있는 겁니다. 난 오히려 당신의 방식이 틀렸다고 생각해요. 방관자와 다를 게 없다고 생각합니다. 극복하라고요? 도대체 어떻게요? 그걸 왜 모든 사람들이 극복할 수 있다고, 극복해야 한다고 생각하나요? 하나의 잣대를 들이밀며 그렇게 못 하는 사람을 무능한 사람으로 취급하는 당신 같은 사람들이 제일 문제입니다."

조 선생의 목소리가 커지자, 간호사가 다가오는 소리가 들렸다. 조 선생은 다시 목소리를 낮추었다.

"은아 씨도 마찬가지예요. 처음 저에게 찾아왔을 때 아주 울고불고 난리가 났더군요. 자신은 실패자라고 말이죠. 인생이 꼬여서 어떻게 풀어야 할지도 모르겠다고요. 그리고 리셋하고 싶다고 말했죠. 아니나 다를까 은아 씨의 기억 속은 아주 처참했어요. 온통 비관적인 말과 자조적인 말들만 가득하더군요. 할 수만 있다면 기억을 통째로 태워버리고 싶었다니까요."

"그렇다면 역시 은아 씨의 초등학교 때 담임 선생님을 찾아 갔던 사람은 조 선생님이 맞군요."

"머리 회전이 빠르시네요. 네, 맞아요. 선생님과 어머님이 친 구시더라고요. 자꾸 은아 씨 앞에 얼쩡거리며 예전 얘기를 해대 는 바람에 기억이 자꾸 돌아와서 아예 조치했죠. 너무 저를 경 계하셔서 애를 좀 먹었지만요."

"담임 선생님과 어머니가 나눈 은아 씨의 예전 이야기들을 은아 씨 어머니가 은아 씨에게 전하면서 자꾸 은아 씨의 기억들 이 되돌려졌었던 거군요."

"선생님이 기억하고 있는 은아 씨에 대한 이야기는 몇몇 사건 에 불과했겠지만, 어른들은 했던 이야기를 만날 때마다 반복해 서 하곤 하니까요. 그래서 지운 기억들이 자꾸 되살아났어요."

"책갈피 때문이군요. 왜 이렇게까지 하는 겁니까?"

"왜냐고요? 정말 몰라요? 내겐 그럴 능력이 있기 때문입니다."

선오는 한동안 무슨 말을 해야 할지 몰랐다. 너무나도 혼란스 러웠다.

"그럼, 희주 씨의 졸업 앨범과 일기장을 훼손시킨 것도 조 선 생님이에요?"

"희주 씨 졸업 앨범과 일기장이라뇨? 무슨 말을 하는 건지 잘 모르겠네요. 그래요, 희주 씨 이야기가 나와서 말인데. 내가 희 주 씨를 만나고 얼마나 반가웠는지 선오 씨는 모를 거예요. 힘들게 사람들의 기억을 흐려지게 만들었는데 방금 말했던 것처럼 예전 기억들을 떠올릴 만한 일들이 생기면 다시 기억이 회복되더군요. 그런데 희주 씨 안에는 기억을 사라지게 하는 '무엇'인가가 있는 것 같더라고요. 아무리 예전 이야기를 들이밀어도 전혀 기억을 못 하는 거죠. 얼마나 기쁘던지. 그게 무엇인지만 알아내면, 그것이 내가 하려는 일들을 대신 해줄 거예요. 그래서 희주 씨를 옆에 두고 계속 관찰하려고요. 어떻게 그 이상한 괴물을 만들어 냈는지."

"설마 그래서 희주 씨 어머님을 치료해 주시겠다고 제안하신 거예요?"

"하하하. 그건 순수한 제 호의였습니다. 뭐, 솔직히 희주 씨를 계속 관찰할 기회를 만들려는 생각이 없었다고 하면 거짓말이겠지만요."

어느새 조 선생은 선오의 코앞까지 다가왔다. 조 선생은 마치 선오와 부딪치려고 작정한 듯 계속 선오의 앞으로 다가왔다.

"당신이 이 사실을 어디서 말한다고 한들 믿어줄 것 같습니까? 미친 사람이 되는 건 내가 아니고 당신일 거예요."

조 선생은 방향을 틀어 사무실 문을 직접 열고는 선오를 보며 말했다.

"그러니 얌전히 살던 대로 살자고요. 각자 할 일 하면서 말이죠. 오늘은 제가 너무 피곤해서요. 벌써 몇 명의 기억을 휘젓고 다녔는지 모르겠군요. 유명해지니 너무 피곤하긴 하네요. 환자들이 끊이질 않아서요."

선오는 계속 조 선생을 노려보았다. 하지만 선오 역시 어떻게 그를 막아야 할지 막막했다. 정말 조 선생의 말대로 기억을 지우고 싶은 사람의 부탁을 들어주는 것이 옳은 일일까. 선오는 혼란스러웠다.

선오는 여태까지 힘든 일을 극복할 수 있는 능력을 스스로 가지는 것이 더 중요하다고 생각했다. 힘든 일은 누구나 언제든 겪을 수 있기에, 그 힘든 일을 극복하는 마음가짐을 가지는 것이 건강한 것이라고 생각했기 때문이다. 조 선생의 말대로 기억을 계속 지워나간다면 그들은 나약한 존재가 되고 말 것이다. 힘든 일이 생기면 도망치기 바쁜 그런 사람이 되는 것이다.

하지만 조 선생이 한 짓을 폭로하더라도 선오의 말을 믿어주는 사람은 없을 것이다. 조 선생이 나쁜 짓을 꾸미고 있다는 것을 어떻게 증명할 것인가. 희주는 믿어줄까? 조 선생을 찾는 사람들이 정말 많다면 어쩌면 선오보다도 조 선생의 편을 들어줄 사람이 더 많을 수도 있다.

선오는 한 발 뒤로 물러섰다. 그리고 그대로 아무 말 없이 그의 사무실을 나갔다. 그때 조 선생이 성큼 다가와 말했다.

"참, 선오 씨. 내가 그래도 조심성은 많은 편이어서요."

선오는 그의 말에 뒤를 돌아보았고, 선오가 어떻게 하기도 전에 조 선생이 그의 이마에 손을 갖다 댔다. 간호사가 보기엔 조 선생이 선오의 열을 재는 것처럼 보였으리라.

✦˙

선오는 자신의 도서관을 상상해 본 적이 있었다. 분명 그곳은 아무것도 없는 황량한 곳일 거라고 생각했다. 선오는 자신도 이런 능력을 왜 가지게 된 것인지 알지 못했다. 그런데 어렴풋이 어떤 사건이 떠올랐다. 그 사건은 선오가 고등학생이었을 때 발생했다.

선오는 누구와도 스스럼없이 잘 지내며 남녀 구분 없이 인기가 많은 아이였다. 선오가 고등학교 2학년 때 반 친구들을 괴롭히는 준호라는 아이가 있었다. 어느 날 밤 준호가 선오를 공원에서 보자고 불렀다. 준호는 그의 무리들이 모범생처럼 보이는 친구를 괴롭히고 있는 곳으로 선오를 데리고 갔다. 준호는 선오가 마음에 든다며 가서 그 아이를 때려보라고 얘기했다. 그럼 자기네 무리에 껴주겠다고 했다. 선오는 그 손을 뿌리쳤다. 그만두라고 얘기했다. 그날 선오는 처음으로 아이들에게 구타를 당했다.

어쩌면 준호는 자기보다도 더 주목을 받는 선오를 질투했는지도 모르겠다. 항상 인기가 많았던 그였는데, 선오와 같은 반이 되면서 아이들이 자신보다 공부도 잘하고 운동도 잘하는 선오에게 관심을 가졌기 때문이었다. 선오는 피멍이 들어 집에 들어갔다. 선오의 가족들은 경찰에 신고를 하고 선오를 병원에도 데려갔지만 경찰들은 학생들의 가벼운 싸움이라 여겼고 입원한 것이 아니기에 보상을 받기도 어렵게 되었다. 선오는 한동안 그렇게 괴롭힘을 당했다. 선오와 함께 있으면 자신들도 타깃이 될 것이라 생각한 다른 친구들도 서서히 선오를 피하기 시작했다.

어느 날 선오는 집에 가는 길에 어두운 골목에서 준호가 다른 학생들에게 맞고 있는 것을 목격했다. 선오는 그런 준호를 한번 쳐다보고는 그냥 지나쳤다. 그때 선오는 준호가 그냥 죽어버렸으면 좋겠다고 생각했다. '정말 죽어버렸으면 좋겠다.' 하굣길 내내 그 생각을 했다. 잠이 드는 그 순간까지 강렬하게 같은 생각을 반복했다.

다음 날 아침 선오가 학교에 가자 아이들이 웅성거리고 있었다. 준호가 죽었다는 것이었다. 선오는 큰 충격을 받았다. '내가 그때 그냥 지나쳐 버려서 죽은 걸까? 내가 그때 신고했더라면 살았을까? 아니면, 내가 죽어버렸으면 좋겠다고 생각해서 정말로 죽은 걸까?' 괜히 반 아이들이 자기를 살인자로 쳐다보는 것만 같았다.

그날 선오는 처음으로 조퇴를 했다. 도망쳤다. 부모님에게 그 사실을 이야기했지만 부모님은 그를 안아주며 그저 우연일 뿐이라고 다독였다. 그는 자신의 기억을 지워버리고 싶었다. 괴롭힘을 당한 일도, 준호가 죽길 바랐던 마음도 모두 없어졌으면 좋겠다고 생각했다. 기억을 지울 수 없다면 어딘가 꼭꼭 숨겨 다시는 꺼내 볼 일이 없었으면 좋겠다고 생각했다.

'남들이 나를 비난하면 어쩌지? 내가 준호를 그렇게 만든 것일까? 내 바람이 이루어진 걸까?'라고 선오는 자책하는 마음에 자신을 가둬버리고 말았다. 선오는 그날의 기억이 자신이 스스로의 기억을 볼 수 없게 된 원인일지도 모르겠다고 생각했다. 자신이 스스로 그 기억을 마주하는 것을 피해온 것이다. 스스로가 무너질 것이라고 두려워한 것이었다.

어쩌면 계속 누군가를 도와야 한다고 생각했던 이유도, 희주의 머릿속에 있는 '무엇'을 그냥 지나치지 못한 것도 이 사건이 선오에게 큰 영향을 주었기 때문이 아닐까 생각했다. 문제가 있는 사람을 지나쳐선 안 된다고 강력하게 되새기고 있었던 것일까.

✦˙

선오는 자신의 기억 속에 들어와 있었다. 선오의 기억 속 도서관은 아주 낡고 먼지가 많이 쌓여 있었다. 대신 정리가 잘되어 있었다. 오랫동안 누군가가 들어온 적이 없는 것 같은 그런

낡은 도서관이었다. 선오는 자신의 기억들을 쭉 둘러보았다. 그 토록 궁금했던 자신의 도서관이었다. 선오의 기억들은 대체로 밝은 표지들로 채워져 있었다. 선오는 조금 뿌듯했다. '그래도 행복한 생각들을 많이 하면서 살았구나.' 하는 생각이 들었기 때문이다. 두 권으로까지 분리될 만큼 많은 일들이 있었던 날들은 얼마 되지 않았지만, 대체로 적당한 분량의 책들이 촘촘히 꽂혀 있었다.

선오는 자신이 겪었던 고등학교 때의 일들이 적힌 책장 앞에 서 있었다. 어떤 하루의 일기장만이 유일하게 세 권의 분량이었다. 아마도 많은 생각을 한 날이었을 것이다. 거의 밤새 잠을 이루지 못했던 기억이 났다. 자신이 고등학교를 자퇴할 수밖에 없었던 이유, 모든 일의 시작인 그날.

검은색 표지의 '무엇'은 먼지가 뽀얗게 쌓여 있었다. 이 일을 극복하며 선오는 스스로 더 좋은 사람이 되려고 노력했다. 누구보다 남을 잘 돕고, 누구에게나 가치 있는 사람이 되려고 노력했다. 그렇게 죄책감을 덜어내려 했다. 그렇게 끊임없이 자신의 트라우마를 극복하기 위해 노력했다.

새삼 옛 기억을 떠올리는 게 두렵지 않다는 생각이 든 선오는 검은색 표지의 그것을 조심스럽게 빼 들었다. 마치 딱지가 떨어지듯 표지를 덮고 있는 검은색 표지 부분이 조금씩 떨어져 나갔다. 예쁜 금색 빛깔의 속살이 드러났다. 책 표지에 붙어 있던 검은색 딱지를 모두 떼어내니 황금색 표지가 되었다.

선오는 많은 사람들의 기억을 들여다보았음에도 처음으로 알게 되었다. 책의 표지가 바뀔 수도 있다는 것을. 선오가 한 사람의 기억 속에 있는 시간은 길어야 몇십 분에 불과했기 때문에 이것을 알아채긴 쉽지 않았던 것이다.

어디선가 소리가 들렸다. 발걸음 소리 같았다. 선오는 얼른 책을 다시 꽂아놓고 소리가 나는 쪽을 쳐다보았다. 발걸음 소리가 멈추더니 철컹철컹 금속이 부딪치는 소리가 들렸다. 선오는 가만히 기다렸다. 더 이상 아무 소리가 나지 않자 그는 결심한 듯 소리가 났던 방향으로 천천히 걸어갔다. '무엇'도 봤는데 무서울 게 뭐 있겠냐고 생각하면서. 그러면서도 혹시나 '무엇'보다 더 무시무시한 것이 기다리고 있는 건 아닌지 긴장되었다.

도서관 맨 끝으로 다가가 보니 자물쇠가 잠긴 문이 하나 있었다. 주변에는 선오의 아기 때 기억이 적혀 있는 책들이 꽂혀 있었다. 그때 문 너머에서 누군가가 문을 열려고 하는 것 같았다.

'누구지?'

선오는 천천히 자물쇠에 손을 갖다 대려 했다. 그동안 자신의 기억을 보지 못한 이유가 이 자물쇠 때문인 것 같았다. 선오는 자신의 기억을 스스로 가둬두고 있었다. 자신이 마음대로 드나들지 못하도록. 스스로 그때의 기억을 마주하는 게 무서웠으니 말이다.

선오는 자물쇠를 열려고 했다가 그만두기로 했다. 무의식이 만들어 놓은 자물쇠는 억지로 푸는 게 아니라 스스로 풀리도록 놔두는 게 맞을 것 같았다. 결국 자물쇠를 풀지 않고 발길을 돌렸다.

그때였다. 자물쇠가 열리는 소리가 들렸다. 선오가 뒤를 돌아보았다. 문이 열리면서 언뜻 조 선생의 모습이 보였다. 그러나 문이 열리면서 그의 모습이 사라졌다.

선오는 눈을 떴다. 그리고 조 선생을 밀어냈다.

희주의 지워진 과거

    희주는 친구들과의 자리가 생각보다 즐거웠다. 비록 잘 모르는 이야기들로 가득했지만 그저 누군가와 밥을 먹고 아무 이야기나 해도 받아주는 사람들과 함께 있다는 사실에 안정감이 느껴졌다. 그런 와중에 희주는 살짝 긴장하고 있었는데, 그녀의 기억이 사라지는 것에 대한 실마리를 잡기 위해, 언제 어떻게 이야기를 꺼내야 할지 타이밍을 잡기 어려웠기 때문이었다.

    '선오 씨는 어떻게 했더라?'

    눈치를 보던 희주는 잠시 정적이 흐르자, 친구들에게 과거에 관한 이야기를 꺼냈다.

    "너희는 기억하고 싶지 않은 과거가 있어?"

희주는 어쩔 수 없이 은아보다는 태준을 더 빤히 쳐다보았다. 여기서 가장 기억이 온전한 사람이 태준이었기 때문이었다.

"글쎄, 어머니가 돌아가셨을 때?"

희주와 은아가 동시에 놀란 눈으로 그를 쳐다보았다.

"아, 내가 이야기 안 했나?"

태준은 멋쩍은 듯 맥주를 한 입 마셨다.

"오래된 이야기야. 그런데 어머니 돌아가신 걸 기억 못 하면 여태 살아 계신 것으로 기억하겠지? 그건 그것대로 이상하네."

"언제 돌아가신 거야?"

은아가 물었다.

"중학교 2학년 때쯤?"

"전혀 몰랐어."

"일부러 티 안 냈어. 티 내면 정말 현실인 것처럼 느껴져서. 지금도 그냥 어딘가 멀리 외국 같은 데서 살고 계시는 것 같아. 연락이 잘 안 될 뿐. 너무 보고 싶은데 그냥 어딘가에서 행복하게 살고 계시겠지, 하고 있어."

희주와 은아가 감히 어떤 말도 꺼내지 못하고 있자 태준이 계속 말을 이었다.

"합리화일 순 있다고는 생각하는데, 그렇게 생각하니 왠지 마음이 편해지더라. 누군가를 생각하며 슬퍼하기보단 너무 잘 살고 있어서 나에게 연락을 하지 못하나 보다 하고 생각하고 있어. 너희들도 잘 살고 있는데 연락이 안 되었던 것처럼."

희주는 태준의 작은 미소가 씁쓸하기보단 행복해 보여서 다행이라고 생각했다. 행복했던 과거를 생각하는 미소처럼 보였기 때문이었다.

"은아, 넌?"

태준이 화제를 돌렸다.

"나는…… 잊고 싶은 기억들이 너무 많은 것 같은데."

은아가 멋쩍게 웃었다. 별로 말하고 싶지 않은 것 같았다. 희주가 그런 은아의 생각을 눈치채고 먼저 말을 했다.

"어릴 때 분명 나도 잊고 싶은 기억이 있었던 것 같은데, 지금은 기억이 잘 안 난다. 너희한테 내가 말한 적 없니?"

희주는 기대에 찬 눈빛으로 친구들을 쳐다보았다. 왠지 목이 타 남은 맥주를 다 마셔버렸다. 은아는 전혀 생각이 안 나는 눈치였고 태준이 잠시 무엇인가를 생각하다가 말했다.

"내 기억에는 네가 힘들어할 만한 일이라면 너희 둘이 학기 말쯤에 사이가 안 좋아졌던 일밖에는 생각이 안 나는데."

태준은 은아와 희주를 가리키며 말했다. 그때 은아가 말했다.

"나는 그때는 참 많이 웃었던 것만 기억나. 뭐가 그렇게 재밌었을까 싶어."

"그러게, 어떻게 요새는 재밌는 게 하나도 없을까."

태준도 씁쓸하게 말했다.

"너는 근데 왜 연애 안 해? 안 하는 거야? 못하는 거야?"

은아가 태준에게 짓궂게 물었다.

"글쎄다. 소개팅은 계속하는데 마음이 잘 안 가네."

희주가 곰곰이 생각하다 말했다.

"어쩌면, 다양한 걸 이미 경험해 버려서 그런 게 아닐까. 재밌는 일들도 연애의 감정들도 이미 다 겪어봐서 아는 거야. 그래서 새로운 게 없는 거야."

"그렇게 말하니까 좀 슬프다."

은아가 맥주 한 잔을 시원하게 마시면서 말했다. 그러면서 한마디 덧붙였다.

"내가 봤을 때 태준이는 그냥 눈이 높은 거야."

"내가 무슨……."

태준도 맥주를 원샷했다. 살짝 쑥스러워하는 듯 얼굴이 발그레해졌다.

"그렇다기보다, 얼핏 이제 감정 낭비를 하고 싶지 않은 것 같다는 생각은 들어. 거절당하는 경험도 이젠 싫고, 그런 감정들에 휘둘리기엔 삶이 너무 힘들어."

은아는 남은 고기를 하나 집어 먹으며 말했다.

"가끔 어른들이 그러더라. 예전이나 지금이나 힘든 건 똑같은데 왜 이렇게 징징대냐고 말이야. 그럴 때마다 참 서운해. 예전에도 물론 힘들었겠지. 그런데 우리가 겪는 상황은 또 다르잖

아. 취업도 힘들고. 넘쳐나는 고학력자에, 이제는 어떻게 나를 어필해야 하는지도 모르겠어."

희주도 은아의 말에 동조하며 말했다.

"맞아. 어떨 땐 그냥 혼자 있는 게 나은 것 같다는 생각이 들어. 다들 너무 잘살고, 너무 즐겁게 사는 것 같은데. 나는 겨우 먹고살 만한 수준의 연봉에, 내가 뭘 좋아하는지도 모른 채 그저 근근이 살아가는 것 같아. 다들 이렇게 사는 건가 싶어."

희주는 맥주잔을 만지작거리면서 멍한 눈으로 말했다.

"어쩌면, 어쩌면 아무래도 상관없다고 생각했는지도 몰라."

"뭐가?"

은아가 무슨 말인지 모르겠다는 눈으로 희주를 쳐다보며 말했다.

"어쩌면, 과거 일들 따위는 중요하지 않다고 생각했는지도 몰라. 그냥 현재의 삶에 급급해서 예전의 기억 따위는 아무 쓸모없다고 생각했는지도 몰라. 재밌고 즐거웠던 과거의 기억들이 지금은 아무 소용도 없다고 생각했는지도 모르고. 그런 기억들을 가지고 있다고 해서 내가 지금 행복해지지 않으니까, 없어져 버려도 상관없다고 생각했는지도 모르겠다는 생각이 들어."

태준도 어느새 의아한 눈으로 희주를 쳐다보고 있었다. 희주는 선오를 만나봐야겠다는 생각이 들었다.

"나 먼저 일어날게. 동창회 이야기는 다음에 따로 연락해서

상의해 보자. 미안해!"

"희주야, 어디 가!"

은아는 반쯤 일어서다가 말고 희주를 쳐다보았다. 태준 역시 놀란 눈으로 희주의 뒷모습을 좇고 있었다.

선오는 계속 전화를 받지 않았다.

'항상 전화를 하면 바로 받았었는데 무슨 일이 있는 걸까?'

희주는 문자 메시지를 남겼다. 그러나 한참이 지나도 읽었다는 표시가 뜨지 않았다.

'이 시간이면 아직 잠들기에도 이른 시간인데.'

희주는 선오가 걱정되기 시작했다.

희주는 므네모스 사무실로 발길을 향했다. 사무실 문이 열려 있었다. 불은 꺼져 있었다. 희주는 갑자기 왠지 두려워졌다. 문을 조심스럽게 열었다. 누군가가 소파에 누워 있었다.

"선오 씨?"

희주가 조심스레 다가갔다. 선오는 괴로운 듯 얼굴을 찌푸린 채 누워 있었다. 희주가 다가가 근처에 앉았다. 그를 자세히 살펴보았다. 항상 희주를 보며 웃어주던 선오였다. 희주보다도 희주의 상태를 더 걱정해 주던 선오였다. 어느새 희주는 그런 선오와 함께 있으며 삶이 조금은 재밌다는 생각을 하고 있었다. 항상 삶이 너무 지루하고 길다고 생각했었는데, 새삼 삶이 이렇게 긴 건 어쩌면 계속 새로운 것을 경험해 보라는 이유이지 않을까 하는 생각이 선오 덕에 생기기 시작했다.

근래 선오와 함께 어릴 적 친구를 만나고, 선생님을 찾아가 보고, 첫사랑의 기억에 설레도 보고, 엄마가 나이가 드시는 것을 실감하고……. 이런 새로운 기억과 경험들이 지루한 기분을 덮어버린 것 같았다. 희주는 이런 생각을 하게 해준 선오에게 고마웠다. 그러자 새삼스럽게 기억을 집어 먹고 있는 괴물이 무서워지기 시작했다.

'선오 씨도 잊어버리게 되면 어쩌지.'

지금 이렇게 간신히 삶이 조금 재미있어졌는데 다시 지루한 일상만 기억나게 되면 어떻게 해야 할까. 희주는 두려움을 떨쳐 내려고 노력하면서 항상 선오가 커피를 타주던 다용도실에서 담요를 하나 가져왔다. 그러고는 선오에게 담요를 덮어주었다.

문득 희주는 선오가 어떤 기억들을 가지고 있을지 궁금했다. 선오도 희주와 함께 있는 시간이 즐거웠을까. 그저 업무일 뿐이었을까. 희주는 선오의 머리에 가만히 손을 갖다 대었다. 마치 선오가 항상 누군가의 기억을 들여다볼 때처럼. 희주도 눈을 스르르 감아보았다.

'보여라. 보여라.'

그렇지만 희주는 눈을 감고 있어도 아무것도 보이지 않았다. 무슨 책이 보인다고 했었던 것 같은데. 그렇게 가만히 있다가 눈을 떴다.

"뭐 해요?"

어느새 선오가 눈을 뜨고 희주를 바라보고 있었다.

"깜짝이야!"

희주는 너무 놀라 뒤로 자빠질 뻔했다. 선오가 얼른 일어나 희주가 넘어지지 않도록 잡으려다 함께 바닥에 뒹굴었다.

"아야야! 갑자기 눈을 뜨고 쳐다보고 있으면 어떡해요!"

"아니, 갑자기 남의 사무실에 들어오면 어떻게 합니까."

희주와 선오는 모두 허리쯤을 문지르며 다시 소파에 나란히 앉았다.

"나 따라 해본 거예요?"

선오가 짓궂게 희주에게 물으면서 웃었다. 희주는 괜히 쑥스러워져서는 우물쭈물 대답했다.

"그냥 이렇게 맨날 하길래. 저도 뭔가 보일까 했어요."

선오가 작게 웃었다.

"무슨 일로 여기까지 온 거예요. 꽤 급한 일이었나 보네요?"

"아, 네. 근데 꼭 오늘 이야기할 건 아니에요. 피곤해 보이는데 다음에 다시 올게요."

"아니에요. 지금 해줘요."

희주는 선오의 눈치를 보았다.

'괴로워 보였는데. 안 좋은 일이 있는 거 아닌가. 괜히 말하면

머리만 아플 텐데.'

"말해도 괜찮아요. 정말로."

선오가 희주를 지긋이 바라보며 진지하게 듣는 자세를 취했다. 희주가 조심스럽게 입을 열었다.

"오늘 친구들이랑 있다가 깨달은 건데요. 아마 내가 그런 생각을 한 것 같아요. 예전 기억들이 더 이상 중요하지 않은 것 같다고요. 혹시 이게 내 기억을 잡아먹는 그 '무엇'을 만들어 낸 원인이 아닐까 생각했어요."

"은아 씨랑 반대네요. 은아 씨는 예전 일에 집착했지만, 희주 씨는 오히려 옛날 기억이 쓸데없다고 생각한 거네요."

"그렇네요. 그렇게 보니 완전 반대네요."

"왜 그런 생각을 한 거예요?"

"그건……."

유난히 선오의 눈이 반짝이는 것 같았다. 희주는 왠지 모르게 선오한테는 안심하고 무슨 이야기든 할 수 있을 것 같았다.

"얼마 전까지만 해도 매일 반복되는 삶에 지쳤다는 생각이 들었던 것 같아요. 뭐라고 해야 할까. 어디에도 내가 필요하지 않은 느낌이라고 할까요. 열심히 노력해서 들어간 회사에서 나를 중요한 사람으로 생각하기보다는 그저 언제든 대체될 수 있는 부속품으로 여기는 게 느껴지더라고요. 나름 열심히 일했다고 생각했지만 좋은 기회는 늘 다른 사람에게 넘어가고, '언젠가 기회가 오겠지.'라고 스스로를 다독이며 회사에 다녔다고 할까요. 이제 원인을 찾는 것도 지쳤어요. '내가 못했겠지, 연차가 적어서 그렇겠지.' 등등이요. 연차가 올라가도 똑같더라고요."

희주가 허탈하게 웃었다.

"친할머니가 돌아가셨을 때, 저희 팀장님이 그러시더라고요. 할머니 돌아가셨는데 왜 삼일장을 치르냐고요. 발인하는 날 빼고는 회사 나와야 하는 거 아니냐고. 그때 깨달았죠. 나는 여기서 사람이 아니구나. 그냥 부속품이구나."

"그랬어요?"

선오가 작게 대답했다.

"엄마 아빠는 여전히 바쁘시고, 매일 하는 이야기가 비슷했죠. 밥 먹었니. 조심해서 들어가라. 뭐랄까? 그런 거 있잖아요. 정말 나를 궁금해하는 게 아닌 것 같았어요. 한번은 내가 정말 걱정되는 게 맞는지 서운했었던 적이 있어요. 회사에서 무슨 일 있었니, 요새 왜 기운이 없는 것 같니, 그런 질문들을 원했던 것 같아요. 그런 걸 이야기했더니, 엄마가 그러더라고요. 너는 그런 거 물어본 적 있냐고. 왜 엄마만 그런 거 물어봐야 하냐고."

"너무했네."

선오는 공감하며 대답해 주었다.

"누군가에게 진심으로 소중한 존재라는 느낌이 없었나 봐요. 그렇게 살다 보니 예전에 웃고 떠들고 즐거워했던 기억들이 참

하찮아지더라고요. 무엇 때문에 그렇게 기뻐했나. 무엇 때문에 그렇게 행복해했나. 어차피 지금 나는 혼자인데. 어차피 지금 나는 어느 누군가에게도 중요한 사람이 아닌데. 그런 자조적인 생각을 하게 된 것 같아요. 나도 모르는 사이에."

"희주 씨가 지금 내게 말하는 것처럼, 이런 이야기를 들어줄 사람이 있었으면 좋았을 텐데요."

"맞아요. 아마 언젠가 이런 속 이야기를 했었던 적도 있는 것 같아요. 그런데 가끔 회사 사람들이랑 밥을 먹을 때면 누군가의 공적을 일부러 깎아내리기도 하고, 누군가의 치부를 악용하기도 하는 것을 보게 되더라고요. 물론 모두가 그런 건 아니었지만, 막상 그런 사람들이 내 주위에 있다는 것을 알게 되니까 누구에게라도 내 이야기를 하는 것이 겁이 나더라고요. 아무도 진심으로 나를 걱정해 주거나 생각해 주지 않을 것 같다고 생각했는지도 모르겠어요. 어쩌면 그런 걸 기대하지 않는 것이 어른이 되는 방법인가 하는 생각도 들었던 것 같아요. 그래서 혼자 집에 있는 게 편했어요. 그렇다고 뭐랄까, 병원이나 상담소를 찾아갈 만큼 심각한 건 아니라고 생각했어요. 그냥 다들 이렇게 사는 거겠지 하는……. 그런 거죠."

희주는 잠시 생각을 정리하는 것처럼 보였다. 선오는 그런 희주를 기다려 주었다.

"회사에서든 부모님이든 동료들이든 친구들이든 나를 진심으로 생각해 주는 것이 맞을까 하는 생각이 드니까 아무한테도 이런 이야기를 못 하겠더라고요."

"희주 씨는 지금보다 훨씬 나아질 거예요. 저한테 이런 이야기를 할 수 있는 건 어느 정도 자기 자신을 알아가고 있다는 증거이기도 하니까요. 그거 알아요? 내가 왜 희주 씨 이야기를 오늘 듣고 싶었는지?"

"글쎄요? 복잡한 생각이 안 들게 하려고?"

"아니요."

선오는 살짝 웃었다. 그리고 조금 뜸을 들였다. 그러다가 희주를 보며 말했다.

"희주 씨가 나를 걱정해 주었기 때문이에요. 내가 걱정돼서 여기까지 찾아와 주었잖아요."

"아, 그건……."

희주는 약간 쑥스러운 기분이 들었다. 부정할 순 없었다.

"내 말은, 사람은 누구나 힘든 일을 겪고 그런 이야기를 누군가에게 하는 건 매우 좋은 일이라 생각해요. 그 상대가 믿을 만하고 의미 있는 사람이면 더 좋겠죠. 어떤 충고나 평가 없이 그냥 있는 그대로 '그런 일이 있었구나.'라고 해줄 수 있는 사람이요. 뭐랄까 나는 그것만으로도 왠지 모르게 좀 기운이 나더라고요. 근데 그런 사람은 그냥 갑자기 나타나지 않아요. 희주 씨가 이렇게 손을 내밀면서 만들어지겠죠."

희주는 어느새 본인도 누군가에게 다가간 적이 없다는 것을 깨달았다. 그저 내 삶에 바빠서 남들이 어떻게 되든 상관없다고 생각했다. 어쩌면 남들도 나와 같았을까.

"나도 희주 씨와 다니면서 여러 가지를 좀 깨달은 게 있어요. 희주 씨는 부모님한테도 그저 착한 딸이었고, 친구들한테도 너무 좋은 친구였죠. 흔히 착한 아이 콤플렉스라고 하죠. 누군가에게 인정받고 싶어서 계속 칭찬받을 만한 행동을 했을지도 모르겠어요. 나도 여전히 답을 모르겠지만 너무 누군가의 인정을 받으려고 하는 건 힘들잖아요? 스스로에게서 가치를 찾을 수 있는 방법도 있다는 것을 말해주고 싶었어요. 스스로 '나 잘했다. 최고다.' 하는……."

선오는 자신의 어깨를 툭툭 치면서 '잘했다.' 하는 듯한 표정을 지었다. 희주가 웃으면서 말했다.

"세뇌인 거죠?"

"하하. 맞아요, 세뇌. 은아 씨도 그렇고 희주 씨도 그렇고 과거의 기억을 너무 만만히 보는 것 같아요. 그런 기억들이 얼마나 보물 같은 건데요. 그런 기억이 있기 때문에 남들을 더 잘 이해할 수 있고, 앞으로 실수를 해도 별거 아니라고 생각할 수 있다고 생각하거든요. 물론, 안 좋은 일들을 안 겪는 게 가장 베스트겠지만. 이왕 겪은 거 어떻게 하겠어요. 내가 겪은 것을 써먹어야 하지 않겠어요? 그게 누군가를 더 이해하는 일이든, 예술로

승화하는 일이든, 뭐든 상관없어요. 그걸 그냥 없어져도 좋을 잡동사니라고 보기엔 너무 값진 게 많아요."

"그렇지만 막상 그렇게 생각하는 게 어려워요."

"맞아요. 쉽지 않아요! 나도 마찬가지고요. 오늘 괴로워하는 거 봤죠? 누구나 미숙할 거예요. 전문가라고 칭하는 나 또는 조 선생도 똑같겠죠. 이렇게 서로 보듬으면서 살아갈 수밖에요."

희주가 선오를 마주 보며 살짝 웃었다.

"이제 희주 씨 머릿속에 있는 '무엇'을 어떻게 다루어야 하는 지 나도 좀 감이 오네요. 한번 해볼게요."

"지금요?"

"네, 할 수 있을 것 같아요."

선오는 어느새 말짱해진 얼굴로 희주 앞에 섰다.

"준비되었어요?"

희주는 잠시 심호흡을 하고 말했다.

"네, 되었어요."

선오는 희주의 머리에 살짝 손을 대었다.

'이젠 두렵지 않아.'

이전보다는 밝아진 느낌인 희주의 도서관에 들어선 선오는 더 이상 '무엇'의 존재가 두렵지 않다는 것이 신기했다. 어느새 사각거리는 소리가 이전보다 더 가까운 곳에서 들려오고 있었다. 선오는 천천히 조심스럽게 도서관 안을 나아갔다.

선오는 멀리서 이전보다 더 거대해진 '무엇'을 찾아냈다. 사실 찾아내는 건 그리 어렵지 않았다. 멀리서도 이젠 잘 보였기 때문이다. 어느새 많은 책을 먹어 치운 '무엇'은 아직 선오가 다가오고 있다는 것을 눈치채지 못한 것 같았다.

"이봐."

선호가 '무엇'을 큰 소리로 불렀다.

'무엇'이 선오를 똑바로 바라보았다. '무엇'은 먹던 책을 던져버리고 선오를 향해 달려왔다. 선오는 '무엇'에게 회색빛 책 몇 권을 꺼내서 내밀었다. '무엇'은 그의 행동이 무슨 뜻인지 모르겠다는 듯 점점 속도를 늦추었다.

"너 하고 싶은 대로 해."

'무엇'은 그에게 다가오더니 선오가 내민 책을 받아 들었다. 이전엔 몰랐는데 가까이에서 본 '무엇'은 움직일 때마다 종이가 사각거리는 소리가 났다. 배 속이 종이 쪼가리들로 가득한 것 같았다. 오히려 선오가 책을 먹으라고 내밀자 '무엇'은 어쩔 줄 몰라 했다.

선오는 이제 '무엇'을 없애버려야 할 존재, 해치워야 하는 존재라고 생각하고 있지 않았다. 희주의 선택에 따라야 한다. 선오는 그런 희주의 선택을 존중해 주고 싶었다. 스스로 기억을 갉아먹는 것이 선오에게는 옳은 선택이라 생각되지 않았다. 하지만 선오는 그게 만약 희주의 선택이라면 그런 희주를 지지해 주는 게 맞다고 생각했다. 그게 정말로 희주의 자립을 위해 필요한 일이라고 생각했다.

'일단 하고 싶은 대로 하게 두자. 위험해지면 그때 위험하다고 말해주자. 위험하다는 말도 이해하지 못하면 그땐, 그땐 계속 같이 있어주자. 있어주면서 정말 소중한 기억은 먹어 치우지 못하도록 막아봐야지.'

선오는 내친김에 '무엇'에게 옆에 꽂혀 있는 책들을 한 아름 들어 넘겨주었다. 거대한 고릴라 손과 비슷한 것으로 선오가 준 책을 잔뜩 받아 든 '무엇'은 그것을 오히려 어떻게 해야 할지 모르는 것 같았다. 선오는 그런 '무엇'을 가만히 지켜보았다. 이제 선오는 '무엇'의 존재가 무엇인지 알 것 같았다.

사람의 기억 속에서 스멀스멀 돌아다니는 몽그리들은 그 사람의 의식과 무의식에 따라 다양한 반응을 한다. 선오는 이미 여러 사람들의 기억을 보며 다양한 몽그리들을 만나보았다. 기억을 재빨리 해내는 게 중요한 사람들은 몽그리들을 더 많이 만들어 내고, 과거의 기억이 상대적으로 덜 필요한 사람들은 몽그리들을 적게 만들어 냈다. 특히, 나이가 들거나 마음이 병들면 몽그리들이 끈적해지며 기억을 뭉개버리기도 했다.

선오가 희주의 기억 속에서 마주한 '무엇'은 일상에서 사소한 일들이 뭉쳐진 트라우마 덩어리였다. 처음으로 마주한 새로운 몽그리였다. 하나의 특별한 사건 때문에 만들어진 몽그리가 아니었다. 어쩌면 내가 소중한 존재가 아닐 거라는 의심들이 쌓이고 쌓여 만들어진 쾌쾌한 감정의 덩어리였다. 희주의 무의식이 조금씩 조금씩 거대한 몽그리를 만들어 냈고 이렇게 만들어진 '무엇'이 기억을 정리해야 하는 본래의 일을 잊은 채 희주의 무의식에 따라 기억들을 없애버리기 위해 먹어 치우기 시작했던 것이다.

선오는 '무엇'을 더 이상 두려워해야 할 존재로 생각하지 않았다. 그것은 스스로 불쾌한 감정을 제대로 받아들이지 못한 희주의 무의식이 만들어 낸 몽그리에 불과하기 때문이었다.

선오는 그렇게 멀뚱히 서 있는 '무엇'에게 다가갔다. '무엇'은 손에 든 책들을 먹어야 하나 고민하고 있느라 선오가 다가오는 걸 피하지 않았다. '무엇'에게 다가간 선오는 그것의 매끈한 피부에 손을 갖다 대었다. 손이 끈적끈적했다. 하얀 몽그리 뭉치들이 검은색이 되도록 얽히고 또 얽혀 있었다. 선오가 가만히 손을 갖다 댄 부분이 하얗게 변했다. 선오는 양손을 몽그리에 이리저리 갖다 대었다. 손을 댄 부분이 점점 하얗게 변하기 시작했다. 뭉쳐 있던 몽그리들이 녹아내렸다. 그와 함께 '무엇'이 삼켜버린 수많은 책들과 종이 쪼가리들이 터져 나왔다.

선오가 눈을 뜬 건 한참이 지나서였다. '무엇'이 없어지며 수

많은 책과 종이 쪼가리들이 터져 나왔고 선오는 그것들을 치우고 정리하느라 꽤 오래 머릿속에 머물렀다. 많은 책과 종이 쪼가리들이 쏟아져 나오는 바람에 모든 기억을 한번에 제대로 되찾기는 어려워 보였다.

선오가 눈을 뜨자 희주가 그를 바라보고 있었다. 어느새 희주는 눈물을 흘리고 있었다. 이제야 자신이 왜 그렇게 혼자 있고 싶었는지 알게 된 것 같았다. 희주는 그동안의 안 좋은 감정들을 그대로 받아들이는 중이었다. 그동안 억눌러 온 감정이 터져 나왔다. 선오는 그런 희주를 끌어안았다.

✦˙

희주의 머릿속에서 기억을 먹어 치우던 '무엇'은 사라졌지만, 희주는 여전히 정기적으로 선오의 므네모스 사무실을 방문했다. '무엇'에서 터져 나온 기억의 책과 쪼가리들이 너무 많았기 때문에, 선오가 그것들을 정리할 때까지 희주는 선오의 사무실을 계속 방문하기로 한 것이었다.

"오늘은 어디까지 기억나요?"

희주의 머릿속을 정리해 주던 선오가 조심스레 물었다.

"음, 오늘은 은아가 생각나요. 초등학교 5학년 때 기억이 돌아오기 시작한 것 같아요."

"이제 거의 다 왔네요."

선오가 활짝 웃었다.

"어?"

갑자기 희주가 미간을 찌푸렸다.

"왜요?"

심각해진 희주의 얼굴을 보고 선오가 놀라 물었다.

"이상하네."

희주는 한참을 갸우뚱하더니 선오를 보며 말했다.

"졸업 앨범 있잖아요. 그거 내가 그랬나 봐요."

"네?"

"지난 번에 만났을 때, 태준이가 그랬거든요. 은아랑 내가 갑
자기 사이가 안 좋아졌다고요."

"그게 정말이었어요?"

"네, 싸웠던 게 맞는 것 같아요. 얼핏 내가 은아가 너무 미워
서 은아랑 있었던 일들이 적힌 일기장도 찢어버리고 앨범 사진
도 잘라버렸던 기억이 나요."

일기장을 찢어버리고 졸업 앨범 사진을 잘라버린 건 희주 자
신이었다. 그 이야기를 들은 선오는 괜히 그것까지 조 선생이
한 것처럼 몰아붙였던 게 살짝 미안해졌다. 아주 살짝.

"왜 싸운 거예요?"

"태준이한테 내가 고백했었나 봐요."

"네?"

선오는 살짝 이상한 기분이 들었지만 티 내지 않았다.

'첫사랑이니까. 그래, 당연한 거지.'

선오는 처음 희주를 만났을 때 자신이 노트에 필기한 희주의 기억 일부분을 다시 찾아봤다.

태준이는 내가 그렇게 말하자 놀란 듯이…….

선오는 노트를 희주에게 보여주며 태준이에 대한 글이 적혀 있는 부분을 손으로 가리켰다.

"그럼 이다음에 올 말은 고백에 대한 답이었겠네요."

희주가 웃었다.

"네, 그런 것 같아요."

"그 뒷말이 뭐였어요?"

"아마도 지금 생각나는 것으로는 '나는 은아가 좋아.'라고 한 것 같아요. 그래서 은아랑 사이가 안 좋아졌었던 것 같아요."

"어릴 때 삼각관계를 겪다니 트라우마가 생길 만한데요."

선오는 노트에 적었던, 은아에 대한 부분을 가리키며 희주에게 또 물었다.

나는 은아에게 카메라를 빌려주었다.

"이 부분은 은아 씨와 사이가 나빠지기 전 일이겠네요."

"아, 그거. 그거 때문에 더 싸웠던 것 같아요. 제가 일부러 고장 난 카메라를 빌려줬거든요. 둘이 놀러 간다고 해서요."

선오가 웃었다. 선오는 마지막으로 엄마에 대한 메모를 가리키며 물었다.

엄마가 나에게 그렇게 말했을 때……

"엄마가 희주 씨에게 말한 건 뭐였어요?"

"음……."

한참을 미간을 찌푸린 채 생각하던 희주가 말했다.

"엄마가 저한테 '내가 봐도 은아가 더 예쁘네.'라고 했었던 것 같아요. 갑자기 또 화나네요."

선오가 박장대소를 했다.

"'무엇'이 먹어 치우고 싶어 할 만했네요."

"저는 그때 꽤 진지했다고요. 아, 갑자기 막 화났던 감정이 올라오네요. 히히."

선오는 그런 희주를 흐뭇한 표정으로 쳐다보았다. 감정이 올라오는 건 좋은 신호인 것 같았기 때문이었다.

"희주 씨, 한 가지 물어보고 싶은 게 있었어요."

선오는 진지한 얼굴로 희주에게 물었다.

6 — 희주의 지워진 과거

"네, 뭐예요?"

"만약, 정말 잊고 싶은 기억들을 없앨 수 있다면 어떻게 할 것 같아요?"

희주는 눈알을 위로 굴리며 잠시 생각에 잠겼다.

"음, 사실 므네모스 사무실을 방문하기 전까지는 기억하고 싶지 않은 기억들은 없애는 게 맞다고 생각했었어요. 그런 생각들은 떠오르는 것 자체로 너무 괴롭잖아요."

희주는 생각에 잠긴 표정으로 잠시 뜸을 들이더니 말을 이었다.

"그런데 지금은 아니에요. 괴로운 기억들이 모두 없어지면 그 순간엔 좋겠지만, 앞으로 우리는 계속 괴로운 일이 생길 거 아니겠어요? 내가 예전에 어떻게 극복했었나 찾아볼 기억이 없으면 너무 당황할 것 같아요."

"정말 그게 맞을까요? 정말 끔찍한 기억은 없앨 수 있다면 없애는 게 맞지 않을까요?"

선오 역시 스스로 자신의 어릴 적 기억을 극복하려고 애썼다. 그런데 선오는 최근 여러 사람들을 만나고 그들의 기억을 들여다보며 정말 견디기 힘든 기억들은 없애버리는 게 낫지 않을까 하는 의문이 들었다. 만약, 은아의 괴로운 기억이 정말 없어질 수 있다면 은아는 계속 자신감을 가질 수 있지 않았을까? 만약, 채우진이 들었던 모진 말들을 기억에서 지워버렸다면 좀 더 자신을 믿고 하고 싶은 일에 집중할 수 있지 않았을까? 만약, 이현수 경사가 겪었던 강력계 일들이 기억에서 사라졌다면 범죄를 저지를 생각에 이르지는 않았을 수 있었을 것 같은데. 만약, 희주의 안 좋은 기억들을 제때 없애버렸다면 그녀는 지금보다는 좀 더 밝은 사람이 되지 않았을까? 그런 생각이 들었다.

선오는 자신의 두려운 기억, 어려운 기억을 극복하라고 말하는 게 맞는 것인지 자신이 없어졌다. 그것 또한 자신만의 방식을 강요하는 건 아닌지 걱정이 되었기 때문이다.

"하지만 우리는 기억을 스스로 지워버릴 수 없잖아요."

희주가 현실적인 대답을 했다. 희주 역시 최근에 만난 여러 사람들을 떠올렸다. 취업 때문에 힘들어하는 은아, 사회에 적응하지 못하는 사람으로 취급받는 것이 힘들었던 우진 씨, 적성에 맞지 않는 일을 하며 모욕적인 말들로 힘들어하던 현수 씨 그리고 어느새 누군가로부터 소중한 존재로 취급받지 못한다고 느낀 희주 자신까지. 우리는 어떻게 이 괴로운 기억들을 극복해야 할까? 정말 기억을 지울 수 있는 누군가가 있다면 그 능력에 의존하며 살아야 할까?

그런 생각을 하던 중 희주는 자신도 모르는 사이 한 단어가 뱉어지듯 툭! 하고 나왔다.

"존중."

희주가 먼 곳을 응시하는 듯한 표정으로 말을 이었다. 생각에 집중한 것이다.

"서로 존중하게 되면 괴로운 기억을 갖게 되더라도 어느 정도 일어설 수 있지 않을까요?"

희주가 선오에게 자신 없는 미소를 보이며 말했다.

"가끔 그런 생각이 들어요. 우리 사회는 서로를 존중하는 것에 각박하다고요. 이렇게 취업이 힘든데 조금 늦어질 수 있잖아요. 남들과 다른 꿈을 꿀 수 있는 거잖아요. 그 사람만이 잘하는 것이 있는 거잖아요. 그런 부분들을 존중해 준다면 우리는 괴로운 기억들이 생기더라도 지금보다는 힘들지 않게 살 수 있지 않을까요? 꼭 기억이 없어지지 않더라도요."

희주의 말에는 어느덧 자신감이 묻어 있었다. 마치 정말로 정답을 알고 있다는 듯한 말투였다.

"우리는 끔찍한 기억을 없앨 수 없으니까. 누구든 힘든 일을 겪은 사람을 존중해 주고 도와줘야 한다고 생각해요."

우리가 사는 사회는 누군가의 삶의 방식을 자신의 삶의 잣대로 평가하고 비난하며 존중하려 하지 않는 것에 익숙하다. 그런데 불행한 일은 누구에게나 생각지도 못하게 찾아온다. 자신이 선택할 수 있는 문제가 아니다. 어느 날 준호가 죽은 것처럼. 어느 날 갑자기 내가 누군가의 인생을 망칠 만한 실수를 하게 되는 것처럼, 어느 날 갑자기 누군가의 개입으로 인생이 망쳐지는 일들이 생기는 것처럼…….

누군가 그런 불행한 과거를 인정하고 존중해 준다면 그것만으로도 사람은 큰 힘을 얻게 될 것이다. 더 이상 무엇인가를 되돌리려 하지 않아도 되기 때문이다. 존재만으로도 존중받게 된다면 우리는 괴롭고 힘든 기억을 되돌리려고 하기보다, 더 가치 있는 삶을 살기 위해 노력할 수 있을 것이다. 선오가 스스로의 과오를 인정하고 다시는 도움이 필요한 사람을 외면하지 않으려고 노력했던 것처럼 말이다.

희주는 딸로서, 회사의 직원으로서 그 자체로 인정받기 원했고, 채우진도 자신의 꿈을 인정받길 원했고, 이현수도 자신만의 강점을 인정받길 원했다. 희주는 누군가가 이들을 있는 그대로 존중해 주었다면 이들의 기억은 지금보다는 좀 더 밝게 빛나지 않았을까 생각했다.

선오 역시 희주의 말에 자신을 돌아보았다. 도움이 필요한 절박한 눈빛의 준호가 떠올랐다. 그리고 스스로 자책했던 날을 떠올렸다. 선오는 자신을 용서하지 못했기에 자신을 기억 속에 가두어 두고 있었다고 생각했다. 주변의 누군가가 아무리 그의 잘못이 아니라고 해도 그것 받아들이는 자신의 노력도 중요하다는 것을 깨달았다. 선오는 자신을 미워하지 않는 것 역시 중요한 것이라는 생각이 들었다.

"맞아요. 그리고 내가 존중받을 만하다는 걸 나 스스로 인정할 수 있어야 하겠죠. 나를 미워하지 않기. 정답이 무엇인지는 모르겠지만, 정답에 가까워진 기분이 드는데요?"

"좋은 지적이에요. 역시 전문가가 그냥 전문가가 아니네요."

선오는 문득 자신의 능력으로, 지쳐 있는 사람들에게 그들이 인정받을 만한 사람이라는 것을 알려주고, 자기 자신을 스스로 어떻게 받아들여야 하는지도 알려줄 수 있을 것 같다는 생각이 들었다. 그 사람의 좋은 기억을 떠올릴 수 있게 해주고, 기억 속에서 사라지고 있던 자신감을 상기시켜 주는 일. 어쩌면 그가 이 사무소를 차리려고 한 궁극적인 이유가 이것이 아닐까 하는 생각이 들었다. 선오는 처음 사무소를 차릴 때 그랬던 것처럼 자신감이 다시 차오르기 시작했다. 뭐든 할 수 있을 것 같은 자신감이었다.

"왠지 저보다 희주 씨가 더 전문가 같네요."

"하하. 저도 이런 쪽으로 소질이 있나 봐요."

희주는 이전보다 훨씬 생기 넘쳐 보였다. 무표정했던 얼굴에는 어느새 다양한 감정이 드러나고 있었다.

"참, 예전부터 궁금했는데 므네모스가 무슨 뜻이에요?"

"아, 그리스 신화에 나오는 '므네모시네'라는 기억의 신 이름에서 따왔어요."

"므네모시네? 므네모스 사무실 이름은 므네모시네에서 따온 거예요?"

"므네모시네는 지하 세계에서 '기억의 연못'을 지배하는 여신이래요. 지하 세계로 가는 강물을 레테 강이라 하는데 그 강물을 마시면 생전의 기억이 사라진대요. 그런데 므네모시네의 연못 물을 마시면 전생의 기억이 되살아난다고 하더라고요."

"와, 죽었다가 돌아오는 사람들한테 꼭 필요한 신이네요."

"네, 맞아요."

"이름 잘 지은 것 같아요. 나한테 선오 씨가 므네모스가 되어 주었네요."

"내가요?"

"네, 좋은 기억이 모두 없어져 버려 거의 죽은 사람과 마찬가지가 될 뻔한 저를 선오 씨가 구해주었잖아요."

희주가 싱긋 웃었다. 선오도 같이 웃었다. 선오는 희주가 한 말로 자신의 자존감이 높아지는 게 느껴졌다. 이렇게 쉽게 누군가에게 인정받는 듯한 기분을 느낄 수 있다는 것이 신기했다. 이렇게 쉽게 우리는 서로를 존중해 줄 수 있는 것이다.

그때였다. 므네모스 사무실을 노크하는 소리가 들렸다. 선오는 '오늘 예약한 사람이 없었는데.' 하며 의아한 얼굴로 문을 바라보았다.

"희주야!"

문이 열리더니 은아가 들어왔다. 희주가 오늘 선오를 만나러 간다고 이야기한 모양이었다. 은아 뒤에는 태준이 서 있었다.

"너희 둘이 같이 왔어?"

6 — 희주의 지워진 과거

희주가 은아에게 묻자 은아가 수줍은 듯 살짝 고개를 숙였다. 태준이 천천히 다가와 은아의 손을 잡았다. 희주의 눈이 동그래졌다. 선오는 태준이 은아의 남자 친구라는 사실에 왠지 모르게 안심이 되었다. 선오는 스스로 기억이 온전치 못한 은아를 돌봐 줄 사람이 생긴 것에 안심이 되는 것 같다고 생각하면서도 연신 희주의 반응을 살피고 있었다.

그런 선오를 곁눈질로 쳐다본 은아가 말했다.

"우리 넷이 데이트 가는 거 어때요?"

"데이트?"

희주가 어리둥절하게 선오를 쳐다보며 말했다.

선오는 얼굴이 빨개졌다. 그런 선오를 보며 은아가 웃었다. 태준도 웃었다. 선오는 희주의 기억에 새로운 기억의 책들이 만들어지는 게 느껴졌다. 그 기억은 이전만큼 회색빛이 아닐 것이다. 선오와 희주 역시 마주 보며 웃었다.

조 선생의 소원

조 선생은 자신의 서재에서 멍하니 창밖을 바라보고 있었다. 그는 선오와 마지막으로 만났던 날을 생각하고 있었다.

여느 때와 같이 선오의 기억을 보려 했던 조 선생은 평소와 달리 꿈쩍도 하지 않는 도서관 문 앞에 서 있었다. 항상 도서관 안에서 눈을 떴었는데, 같은 능력을 가진 사람들끼리는 도서관 안에 들어갈 수 없는 걸까. 조 선생은 자신의 마음대로 되지 않자 화가 났다. 조 선생은 빨리 선오의 기억을 지워야 한다는 생각에 사로잡혔다. 도서관 문을 두드리던 조 선생은 낡은 자물쇠 소리가 들리자 온 힘을 다해 문으로 돌진했다. 자물쇠가 부서지는 소리가 얼핏 들린 것 같았다.

'이 문을 부수어 버리고, 책들을 찢어버릴 거야. 그럼 나에 대하여 아무것도 기억 못 하겠지.'

조 선생은 다시 한번 온 힘을 다해 문으로 달려들었다. 문을 가로막고 있던 자물쇠가 철컹거리는 소리를 내며 바닥에 떨어졌다. 그 안에서 놀란 모습의 선오가 보이는 듯했다. 조 선생은 환한 빛에 휩싸였다. 기분이 이상했다. 후련하면서도 아쉬우면서도 어색했다.

그리고 눈을 떴을 때 선오는 이미 자리에 없었다.

조 선생은 그가 다시는 누군가의 기억을 볼 수 없게 되었다는 것을 깨달았다. 눈물이 흐르는 것 같았다. 원망의 눈물이었다. 조 선생은 이제 아무 기능을 할 수 없는 손을 한참을 바라보다가 서재 창문을 닫아 버렸다.

✦.˙

"조 선생님 지금 휴직 중이라고 하시던데요?"

희주는 웬일이냐는 듯한 눈빛으로 선오를 쳐다보았다. 조 선생에 대해 한 번을 묻지 않았던 선오였기 때문이었다. 어느덧 희주의 도서관은 정리가 다 되어가고 있었다. 선오는 희주에게 이제 며칠만 더 자신의 사무실을 다녀가면 더 이상 오지 않아도 될 정도로 회복이 되었다고 말하며 말끝에 혹시 조 선생을 최근에 본 적이 있냐고 물은 참이었다.

"둘이 설마 싸운 거예요?"

희주는 머뭇거리는 선오를 보며 심상치 않은 분위기를 느꼈다. 희주는 싸움과는 거리가 멀어 보이는 선오를 새삼스럽게 바라보았다. 선오의 표정은 어두워 보였다. 선오는 조 선생과 가깝게 지내던 희주에게서 그의 이야기가 전혀 들리지 않자 알 수 없는 불안감을 느끼고 있었다. 아니나 다를까 조 선생은 더 이상 병원에 있지 않은 모양이었다. 선오는 어두운 골목에서 준호가 다른 학생들에게 맞고 있는 모습이 떠오르는 것 같았다. 자세히 보니 맞고 있는 사람은 준호가 아니라 조 선생이었다.

"이봐요. 괜찮아요?"

선오가 정신을 차리니 희주가 걱정스러운 얼굴로 그의 팔뚝을 잡고 흔들고 있었다.

"아, 네. 괜찮아요."

선오는 정신을 차리려는 듯 얼굴을 세수하듯 쓸어내리고는 희주에게 이제 가도 괜찮다고 말했다. 희주는 사무실을 나가려다 말고 선오에게 다가왔다.

"무슨 일인지는 잘 모르겠지만, 힘들면 말해요."

선오는 그런 희주에게 미소를 지어 보였다. 희주는 그런 선오의 어깨를 다독이고는 사무실을 나갔다. 선오는 조 선생에게 연락을 해보아야겠다고 생각했다. 그의 안위가 궁금했다. 또 다른 준호를 만들 수는 없는 일이었다.

"저 희주 씨!"

선오는 급하게 사무실 밖으로 나가며 희주를 불러 세웠다. 희주는 막 계단을 내려가고 있는 참이었다.

"혹시 조 선생님 연락처 나한테도 알려줄 수 있어요?"

"아, 저도 연락해 봤는데 핸드폰 전원을 계속 꺼두시더라고요."

"그러면 혹시라도 조 선생님과 연락이 닿으면 나한테 알려줄래요?"

희주는 싱긋 웃으며 대답했다.

"네, 그럼요."

희주에게 부탁한 뒤로도 한참 동안 아무 소식이 없자, 선오도 조 선생과 연락하기 위해 할 수 있는 일을 해보기로 했다. 여러 군데를 수소문해 보았지만 조 선생이 어디에 살고 있는지, 조 선생의 형제 관계가 어떻게 되는지, 조 선생과 예전부터 친분이 있는 사람이 누군지 아는 사람이 없었다.

그럴수록 선오의 마음은 더 불안해졌다. 선오는 그런 불안한 느낌이 견딜 수 없이 싫었다. 같은 일을 반복할 수는 없었다. 조 선생에게 나쁜 일이라도 생기면 마치 선오의 탓이 될 것만 같았다. '설마 자신을 아는 사람들의 기억을 다 지워버린 걸까?' 하는 이상한 생각이 들기 시작할 때쯤, 겨우 그와 친분이 있는 사람을 발견했다.

강동범 씨를 찾을 수 있었던 건 희주의 엄마 덕분이었다. 희주의 엄마는 조 선생이 있었던 병원에서 조 선생이 아닌 다른 의사 선생님에게 치매 치료를 받고 있었다. 조 선생이 자신의 환자들을 다른 의사들에게 넘겨준 모양이었다. 희주의 엄마는 치매 치료를 받으러 병원에 다니는 동안 강동범 씨를 자주 마주쳤다고 했다. 그리고 그의 얼굴이 익숙해질 때쯤 병원에서 대기하는 시간이 지루해 그에게 먼저 말을 걸었다고 했다.

"아저씨, 여기 얼마나 오랫동안 다니신 거예요?"

"나요? 여기 10년은 넘게 다녔어요."

"병은 좀 어떠세요? 차도가 있으세요?"

"조 선생님이 많이 도와줬어요."

동범 씨는 마치 초등학생처럼 이야기했다.

"여기는 왜 혼자 오세요?"

"여기 병원에 아는 사람이 있어요."

"누구요?"

"조 선생님이요"

"조 선생님이랑 원래 아는 사이예요?"

"네."

"어떻게요?"

"내가 사촌 형이에요."

희주의 엄마는 그렇게 강동범 씨가 조 선생과 사촌지간이라는 것을 알게 되었다.

선오는 발품을 팔고 다녔기에, 어느 날 희주에게 그녀의 엄마가 조 선생의 사촌과 만났다는 말을 들은 순간 기쁨보다도 허탈함이 더 컸다.

"역시 등잔 밑이 어둡네요."

선오는 희주의 이야기를 듣고 조 선생이 근무했던 병원에 정기적으로 찾아오는 강동범 씨를 찾아갔다. 선오는 희주의 엄마가 말한 시간에 동범 씨가 있는 병원에 도착했다. 희주의 엄마는 이미 진료를 보는 중인 것 같았다.

"안녕하세요."

"네, 안녕하세요."

선오는 조심스럽게 동범 씨 옆에 앉았다.

"조 선생님 사촌분이시죠?"

"네, 제가 사촌 형이에요."

동범 씨는 자신 있는 목소리였다. 조 선생이 자랑스러운 것 같았다.

"조 선생님은 지금 어디 있어요?"

"지금 아파요."

선오는 왠지 조 선생이 자신 때문에 은둔하고 있는 것 같아 마음이 안 좋았다.

"어디가 아파요?"

"모르겠어요."

동범 씨는 조금 뜸을 들이다가 말했다.

"잘 모르겠으면 여길 봐도 괜찮아요."

동범 씨는 자기 머리를 손으로 가리켰다.

다른 사람들이라면 미친 사람처럼 생각했을지도 모르는 말이었지만, 선오는 오히려 기뻤다. 조 선생이 그렇게 동범 씨의 머릿속을 들여다보았을 것이 짐작되었기 때문이었다.

'이 사람은 정말 조 선생을 알고 있다.'

"고마워요."

선오는 사양하지 않고 그의 머릿속을 들여다보았다. 선오의 이상한 오지랖은 조 선생에게로 향하고 있었다. 선오 때문에 조 선생이 곤란한 상황에 처한 것이라면 선오가 그를 도와줘야 한다는 생각이 들었기 때문이었다. 자신의 죄책감을 덜기 위해 만들어진 습관이라도 어쩔 수 없었다. 이미 오지랖이 넓은 것은 선오의 성격이 되어버렸다.

선오는 이렇게 기발한 도서관은 처음 보는 것 같았다. 보통의

에필로그 — 조 선생의 소원

도서관들은 여러 단이 설치된 커다란 나무 책장들뿐이었는데, 동범 씨의 도서관은 마치 테마파크에 온 것 같은 기분이 들게 했다. 책장의 모양이 다양했다. 고양이 모양도 있었고, 자동차 모양도 있었다. 우주선 모양도 보였다. 최근의 기억이 있는 곳 일수록 추상화에서 보았을 법한 기하학 모양의 책장이 보였다. 선오는 잠시 황홀경에 넋을 잃고 책장들을 둘러보았다.

책장을 둘러보던 선오는 자신의 책장에서 보았던 것과 비슷한 검은색 표지의 책을 발견했다. 선오의 인생이 바뀌게 된 날이 담겨 있던 책 표지와 비슷했다. 선오는 자기도 모르게 그 책에 무엇인가 중요한 것이 담겼을 것이라고 직감했다. 선오는 책을 펼쳤다.

✦˙⁺

동범 씨는 어릴 적 영특한 아이였다. 조 선생은 똑똑한 동범 씨를 따라 학원에 같이 다니게 되었고, 둘은 친형제보다도 친한 것 같은 사이였다. 그날은 중학교 3학년 마지막 기말고사 시험 성적이 발표된 날이었다. 좋은 고등학교에 가기 위해선 중학교 내신이 중요했다. 동범 씨는 의사가 되는 건 관심도 없었지만, 의대를 많이 보내기로 유명한 고등학교에 진학하기 위해 죽도록 열심히 공부했다. 동범 씨는 기말고사를 치자마자 고등학교

시험 준비를 해야 했다. 따로 입학시험을 치르는 고등학교였기 때문이다.

기말고사 성적표를 챙겨 학원에 가고 있던 동범 씨는 중학교 1학년이었던 조 선생을 학원 앞에서 우연히 만났다. 동범 씨는 긴장을 많이 한 탓에 생각보다 기말고사 점수가 높지 않아 우울했다. 원하는 고등학교에 들어가기 위해선 내신을 만회할 수 있을 정도로 고등학교 입학시험 점수를 잘 받아야 했다. 벌써 압박감이 느껴지는 것 같았다.

동범 씨는 어린 조 선생에게 조금만 늦게 학원에 들어가자고 졸랐다. 어린 조 선생은 아무래도 상관없었으므로 사촌 형과 함께 근처 놀이터에 들렀다.

"형, 시험 잘 못 봤어?"

어린 시절의 조 선생이 동범 씨에게 물었다.

"어, 망했어. 오늘도 시험 준비를 빡세게 해야 할 텐데 하기 싫다."

"하지 마."

"안 할래."

둘은 아이스크림을 사서는 놀이터 그네에 앉았다. 아이스크림을 쪽쪽 빨다가 조 선생이 물었다.

"형은 왜 그렇게 열심히 공부하는 거야? 공부가 좋아?"

"아니, 싫어."

"근데 왜 해?"

"몰라, 그냥 하래."

"누가?"

"엄마, 아빠가. 선생님이."

"이상해."

조 선생은 아무 생각 없이 아이스크림을 먹었다. 동범 씨는 새삼 아무 걱정 없어 보이는 조 선생이 부러웠다. 동범 씨는 머릿속이 너무 복잡했기 때문이다.

"잡생각이라도 안 들면 공부가 더 잘될 텐데."

"무슨 잡생각?"

"그냥, 내가 왜 공부해야 하는지? 공부하기 싫다. 게임하고 싶다. 그런 거?"

"그런 생각 안 하고 싶어?"

"어, 안 하면 공부에만 집중할 수 있잖아."

조 선생은 잠시 생각에 잠긴 듯했다.

"너는 커서 뭐가 될 거야?"

동범 씨가 조 선생에게 물었다. 동범 씨는 어느새 그네를 타고 있었다. 그네가 점점 큰 포물선을 그렸다.

"나는 과학자가 될 거야."

"왜?"

"그래야 내 말을 믿어주니까. 과학자가 말하면 거짓말을 해도 다 밉잖아.”

“뭐야. 이상해.”

둘은 마주 보며 킬킬 웃었다.

“나는 의사가 될 거야.”

“왜?”

“돈을 많이 벌고 싶어서.”

“돈을 많이 벌어서 뭐 하게?”

“돈 많이 벌고, 일찍 퇴직해서 하고 싶은 게임 실컷 할 거야.”

“게임 지금 하면 되잖아.”

“지금 하면 의사 못 돼.”

“게임하려고 의사가 되려는 사람이 어디 있어.”

“나는 내 행복을 제일 중요하게 여기는 사람이 될 거야. 지금 당장 행복한 것을 포기하는 대신 나중에 돈을 많이 벌면 꼭 내 행복부터 챙길 거야.”

“지금은 불행해?”

“어.”

“왜?”

“그냥. 지금은 내가 왜 해야 하는지 모르고 공부하고 있잖아. 다들 의사가 되어야 행복하대. 나는 지금 너랑 이렇게 학원 땡 땡이치면서 노는 게 더 좋은데.”

“히히. 나도.”

어느덧 동범 씨와 조 선생은 아이스크림을 다 먹고 막대기를 입에 물고 있었다.

"이제 가자. 슬슬 현실로 돌아가야지."

"형."

"왜?"

"내가 잡생각 없애줄 수 있는데."

"네가 어떻게?"

"형도 내 말 안 믿지?"

"진짜 할 수 있어?"

"응."

"그럼, 내 잡생각 좀 없애봐."

"형은 나 믿는 거야?"

"그렇다니까. 빨리 해봐."

동범 씨는 눈을 끔뻑거렸다. 조 선생은 신이 나서 형에게 다가갔다.

"가만히 눈 감고 있으면 돼."

"응."

그렇게 조 선생은 동범 씨의 기억으로 들어갔다. 조 선생은 동범씨의 기억 속에 들어가 '게임하고 싶다', '놀고 싶다', '공부하기 싫다'는 기억들을 닥치는 대로 찢어버리고 구겨버렸다. 동범 씨는 게임에 대한 기억이 없어졌으며, 친구들과 놀았던 기억을 포함하여, 공부와 관련되지 않은 기억이 모두 흐려졌다. 그 결과 공부를 해야 한다는 집착만 남게 되었다. 그렇게 공부에만 집착하게 된 동범 씨는 다른 즐거움을 전부 잊어버렸다. 더 이상 어린 조 선생과 놀려고도 하지 않았고, 부모님과 함께 외식하려고도 하지 않았다. 명절이나 설날에도 가족들과 모이지 않았고 오직 공부만 했다. 동범 씨는 공부에만 집착하다 보니 어느 순간 누군가와 이야기하는 것도 힘들어졌다.

부모님이 동범 씨의 상태가 이상하다는 것을 알게 된 건 그 이후로 꽤 시간이 흐른 뒤였다. 동범 씨는 아무하고도 교류하지 않으려고 했고, 말하는 법을 잊어갔다. 부모님은 그에게 공부를 그만하라고 말렸지만 공부에만 집착하는 동범 씨를 아무도 말릴 수가 없었다.

결국 고등학교를 중퇴한 동범 씨는 정신 병원에 오랫동안 입원해야 했다. 동범 씨는 주변 사람들이 어느새 그를 정상이 아니라고 생각한다는 것을 알고 있었다. 동범 씨는 그런 사람들의 시선을 인지할 만큼 똑똑했다. 그래서 동범 씨는 정신 병원에 입원한 이후 스스로 성장을 멈춰버렸다. 더 괴로운 일들을 만들지 않기로 한 것이다.

선오는 착잡한 마음으로 그 책을 다시 선반에 꽂아놓았다. 아무리 둘러봐도 최근에 조 선생이 그의 기억을 만진 흔적은 찾을 수 없었다.

'어쩌면 만지지 않은 게 아니라 못 만지게 된 걸까?'

그렇게 한참을 책장 앞에 서 있던 선오는 다른 기억을 읽어보며 조 선생이 어디 있는지 찾아내었다. 조 선생은 지난번에 선오와 마주한 이후 동범 씨에게 자신과 함께 지내자고 한 모양이었다. 동범 씨를 고칠 수 있다고 자신하고 있었던 조 선생은 능력을 잃자, 형 생각부터 난 모양이었다. 조 선생은 직접 형과 같이 생활하며 그를 치료하려고 한 것 같았다. 동범 씨의 부모님 역시 한평생 그를 돌보고 있는 것이 점점 힘들었던지라 조 선생의 제안을 무척 고마워했다.

동범 씨는 조 선생과 같이 자주 책방에 들리는 것 같았다, 동범 씨가 부모님과 같이 살 때는 어림도 없는 일이었다. 다 큰 어른이 어린애처럼 구는 모습을 부끄러워했던 부모님은 동범 씨와 병원 외에는 그 어느 곳도 가지 않았기 때문이다. 책방에 가면 동범 씨는 잡지 코너로 직행했고, 잡지의 가장 뒷장에 있는 스도쿠 퀴즈를 풀면서 몇 시간씩을 보내곤 했다. 조 선생은 동범 씨가 퀴즈를 다 푸는 동안 그의 옆에서 책을 하나 집어 들고는 독서를 하며 오후를 보냈다.

"나 이거 좋아."

"벌써 다 풀었어? 역시 형이라니까."

동범 씨가 스도쿠 퀴즈를 다 풀고 어린애처럼 웃으며 조 선생에게 달려올 때 조 선생은 주변 사람들의 시선에 아랑곳하지 않고 그에게 잘했다고 칭찬해 주었다.

"엄마, 저 아저씨 이상해."

다른 사람들은 헤벌쭉해서 뛰어오는 동범 씨를 보며 슬금슬금 피하고 있었다. 놀란 아이의 손짓에 황급히 동범 씨로부터 아이를 멀리 떼어놓는 어머니의 모습이 보였다. 조 선생은 그들이 뭐라고 하든 상관하지 않았다. 그들의 시선이 자신들의 삶에 어떠한 영향도 끼칠 수 없다는 것을 알고 있었기 때문이다.

"형, 이제 집에 가자. 나 배고파."

"가자, 가자!"

조 선생은 여전히 동범 씨를 자신과 친한 친척 형으로 대하고 있었다. 돌보아야 할 불쌍한 존재가 아니라 당당하고 똑똑한 형으로 마주하고 있었다. 동범 씨는 표현하지 않았지만 그것을 느끼고 있었다. '이 사람은 나를 존중하고 있구나.' 하고. 동범 씨는 조 선생 옆에 있으며 남들에게 주눅 들지 않고 당당히 자기가 원하는 것을 이야기할 수 있는 연습을 시작했다. 집에서만 있었을 때는 느끼지 못했던 안정적인 감정을 조금씩 느껴가고 있었다. 그렇게 조금씩 동범 씨는 치료가 되어가고 있는 것 같았다.

선오는 동범 씨에게 자신을 조 선생의 친구라고 소개하고 병
문안을 가고 싶다고 부탁했다. 동범 씨는 뛸 듯이 기뻐했다. 조
선생의 친구면, 자신의 친구이기도 하다고 했다. 선오는 동범
씨를 따라 그의 집으로 향했다. 평범한 아파트였다. 동범 씨가
문을 열자, 조 선생이 반갑게 맞이했다.

　　"형이야?"

　　조 선생은 동범 씨 옆에 서 있는 선오를 보고 금세 표정이 굳
었다.

　　"네 친구를 만났어. 병문안 오고 싶대서."

　　동범 씨는 해맑게 웃었다.

　　"안녕하세요, 선생님. 괜찮으신지 뵈러 왔어요."

　　"저는 괜찮습니다. 괜찮은 거 보셨으면 이만 가주시죠."

　　조 선생이 황급히 동범 씨 손을 잡아끌어 집 안에 들이고는
문을 닫으려고 했다. 선오는 문을 다 닫지 못하게 급하게 손으
로 막았다.

　　"제가, 사촌 형을 도와드릴 수 있을 것 같은데요."

　　조 선생은 문을 닫으려다가 멈추었다.

　　"어떻게요?"

　　"안에 들어가서 이야기해도 될까요?"

조 선생은 한참을 그렇게 선오를 쳐다보더니, 결심한 듯 문을 힘겹게 다시 열었다. 선오는 조심스레 동범 씨의 집 안으로 들어갔다. 조 선생은 예의를 차려 선오에게 차를 한잔 타다 주었다. 그리고 선오와 조 선생은 식탁 앞에 마주 앉았다.

"혹시, 지난번에 저와 만난 이후 기억을 더 이상 못 보게 되신 건가요?"

"네, 덕분에요. 원하는 대로 되었으니 잘되었네요."

선오는 무슨 말을 해야 할지 몰랐다. 그래서 일단 아무 말이나 던졌다.

"혹시 형 때문에 의사가 되신 건가요?"

"하하. 그것도 봤나 보군요. 네, 맞아요. 돈을 많이 벌고 싶었고 유명해지고 싶었죠. 모두 내 능력을 비웃고, 부모님은 마치 제가 신내림이라도 받은 듯한 표정을 지으셨거든요. 말도 안 되는 이야기를 한 번만 더 했다간 당장 쫓겨날 줄 알라고 했었어요."

조 선생은 여전히 그 일에 분노하고 있는 것 같았다.

"내가 얼마나 그런 소리가 듣기 싫었는지 아십니까? 내 능력을 능력대로 인정 못 받고 마치 심령술사 취급을 당하는 억울함을 선오 씨도 알고 있을 것 같은데요. 나는 그렇게 사는 게 너무 자존심이 상했습니다. 스스로 과학자가 되고 의사가 되면 내 능력을 인정받게 될 거라고 믿어 의심치 않았습니다. 실제로도 그렇게 되었고요."

조 선생은 선오가 이미 다 알고 있다고 생각한 듯 과거 이야기를 꺼냈다.

"중학교 때였나, 흔히 중2병이라고 하죠. 어느 날 형이 반항심에 가출한 적이 있었어요. 이모, 이모부가 성적이 떨어졌다고 야단을 친 날이었죠. 저는 그 전날 형이랑 만나 놀았었고, 이모, 이모부는 저에게 와서 따져 물었어요. '어디로 가출한 거냐, 너 때문이다. 네가 자꾸 형이랑 만나서 노니까 성적이 안 오른다. 네가 그런 거야. 어디 갔는지 기억해 내.' 이 말들을 반복해서 들었던 것 같아요. 그때 어린 마음에 정말 저 때문에 형이 잘못된 줄 알고 많이 울었었죠. 정말 나 때문에 없어진 줄 알고요. 신기하게 그 뒤부터 누군가의 기억을 볼 수 있게 되었어요. 저는 형이 정말 행복하길 바랐고 내가 해줄 수 있는 걸 해주고 싶었어요. 그래서 형의 기억에 손을 댔죠."

조 선생은 여전히 냉소적인 눈빛이었다. 선오는 조 선생과 자신이 왜 다른 사람들의 기억을 볼 수 있게 되었는지 어렴풋이 알 것 같았다. 죄책감. 죄책감에서 비롯된 자학적인 감정들이 스스로 마음을 닫아버리게 만든 것 같았다. 마음을 굳게 닫은 대신, 나도 모르게 누군가를 도와야 죄책감을 씻어버릴 수 있을 것이란 집착을 낳게 한 것이 분명했다.

"내 능력이 없어지니 이런 과거의 일들이 또렷이 생각나더군요. 생각하고 싶지 않았는데 말이죠."

동범 씨는 그들이 너무 지루한 이야기를 한다고 생각했는지 어느새 거실에서 TV를 틀고 예능 프로를 시청하고 있었다. 조 선생은 그런 동범 씨를 한번 쳐다보더니 선오에게 단호하게 말했다.

"아무튼, 더 이상 내 이야기를 하고 싶진 않군요. 이미 다 보셨을 테니까요. 형을 어떻게 되돌릴 수 있다는 건지만 말해줘요."

선오는 동범 씨 기억을 다시 떠올렸다. 조 선생이 동범 씨의 기억을 만진 날이 기록된 책의 표지는 아직 검은색이었다. 동범 씨는 아직 자신의 과거를 극복하지 못한 것이다.

"동범 씨는 아직 그날의 기억을 극복하지 못했어요. 성장을 하기 위해선 그날의 기억을 스스로 극복해야만 해요."

"마치 자기 계발서를 읽는 기분이네요."

조 선생은 뜬구름 잡는 소리 하지 말라는 듯한 표정이었다.

"제가 몇 번을 그날의 기억을 지워보려고 했는데 지워지지 않더군요. 희주 씨 기억 속에 있는 괴물을 만들 수 있으면 형을 치료할 수 있을 거라고 생각했어요. 그게 형의 끔찍한 기억을 먹어 치워줄 테니까요."

선오는 자신이 스스로 어떻게 과거를 극복했는지 떠올려 보았다.

"그날의 일을 없애야 하는 불쾌한 기억으로 남기지 않고 앞으로의 삶에 도움이 될 기억으로 생각하게 만들어야 해요. 이전의 삶으로 돌아가려고 하기보다 지금 삶도 가치 있다고 생각하게 만들어야 해요."

"나는 평생을 형을 되돌리기 위해 살아왔어요. 내가 형을 망쳐놨으니까요. 그런데 오히려 이대로 살게 내버려 두라고요? 너무 무책임하네요."

"이미 일어난 과거를 계속 바꾸려고 하는 건 소용이 없어요. 조 선생님, 우리 힘으로는 바꿀 수가 없어요. 계속 과거를 부정하기보다 지금 있는 그대로 받아들여야 해요."

"그래서, 어떻게 도와주겠다는 겁니까?"

"지금 동범 씨가 무엇을 하고 싶은지, 같이 찾고 응원해 줄 거예요. 과거에만 얽매여 있지 않도록 스스로 나아갈 수 있도록이요. 동범 씨의 검은색 책 표지가 황금빛으로 변하면 그게 새로운 성장을 할 수 있는 때라는 신호예요. 그때가 되면 알려드릴게요. 그때가 되면 혼자서 나아갈 수 있을 테니까요. 총명한 분이었으니 분명 다양한 것을 배워갈 거예요."

조 선생은 아무 말이 없었다. 조 선생은 그렇게 한동안 아무 말 없이 TV를 보고 있는 사촌 형을 바라만 보았다.

✦⁺

선오는 매주 토요일 오후 동범 씨를 만나 치료를 시작했다.

동범 씨의 기억들을 보며 무엇을 잘하는지, 무엇을 좋아하는지를 정리했고 앞으로 동범 씨가 하고 싶은 일을 찾도록 도와주었다. 동범 씨가 수학을 제일 좋아했었다는 조 선생의 말대로 동범 씨는 수리 퀴즈에 굉장한 흥미를 보이고 있었고, 수리 퀴즈를 푸는 것뿐만 아니라 문제를 출제하는 것에도 굉장한 재능이 있었다. 그렇게 조 선생과 선오는 동범 씨와 수리 퀴즈 책을 내기 위한 준비를 하기 시작했다. 동범 씨는 어느 때보다 열의를 보였다.

동범 씨가 스스로 일에 흥미를 가지고 거기서 소정의 성과를 보게 되면 분명 큰 만족감을 느끼게 될 것이었다. 그 과정에 많은 사람들의 응원과 칭찬이 따른다면 동범 씨도 스스로 지금의 삶에 만족해 가기 시작할 것이다. 동범 씨가 처음에 꿈꾸었던 삶은 아닐지 몰라도, 그 나름대로 동범 씨에게 많은 성취감과 만족감을 주는 삶을 살 수 있을 것이었다. 선오는 그렇게 기대하고 있었다.

동범 씨는 오랫동안 정기적으로 조 선생과 만나 약물 치료와 인지 치료를 병행하고 있었다. 오랫동안 기억을 되돌리고, 원래의 인지 상태로 돌아가기 위한 노력을 해왔던 터라 자신 역시 계속 돌아가야만 한다는 인식에 사로잡혀 있었던 모양이다. 조 선생이 더 이상 병원에 출근하지 않게 되었을 때도 동범 씨는 계속 병원에 가야 한다고 고집을 부렸다고 했다. 병원에 가

에필로그 — 조 선생의 소원

야 자신이 치료된다고 생각한 것이었다. 선오는 이제 동범 씨가 치료를 받아야만 하는 사람이 아니라 가치 있고 소중한 존재라는 것을 알려주고 싶었다. 그렇게 된다면 분명 동범 씨의 인생이 바뀌었던 그날의 책 표지도 밝은 황금빛으로 변해갈 터였다.

조 선생은 여전히 선오가 그의 능력을 빼앗아 버렸다고 생각해서 그를 미워하는 티를 숨기지 않았다. 하지만 그동안 사촌 형의 기억을 지우려고만 노력했었기에 선오의 방법이 효과가 있지 않을까 기대도 하는 것 같았다.

✦⁑

"참, 조 선생님이 혹시 언제 복귀하실지 들은 거 있어요?"

희주가 선오에게 물었다. 선오가 한차례 희주의 기억을 정리해 준 후였다. 이제 몇 번만 더 희주의 기억 속 도서관에 방문하면 정리가 다 끝날 것 같았다. 선오는 왠지 아쉬워졌다.

"아, 아뇨. 당분간은 좀 쉬고 싶으신 모양이에요."

"하긴, 그때 너무 바빠 보이시긴 했어요. 그래도 좋은 선생님을 소개해 주셔서 엄마가 많이 좋아 보여요."

희주는 조 선생을 다시 만나고 싶어 하는 것 같았다.

똑똑.

희주는 깜짝 놀라 문을 쳐다보았다. 선오는 다음 약속이 있었다. 선오는 어느새 희주와 시간 가는 줄 모르고 대화하고 있었다는 것에 놀랐다.

'언제 이렇게 시간이 지났지?'

"어머, 내가 너무 오래 있었네요. 이만 가볼게요."

희주는 선오와 이런저런 수다를 떨다가 선오의 업무를 방해한 것 같아 미안한 마음이 들었다. 그때 조 선생이 문을 열고 고개를 내밀었다.

"어? 조 선생님!"

"아, 희주 씨. 오랜만이네요."

조 선생은 어색하게 웃었다.

"세상에, 얼마나 걱정했는데요. 몸은 좀 괜찮으세요? 선오 씨 보러 오신 거예요?"

"네? 아, 네, 그렇죠. 몸은 괜찮아요."

선오는 어색해하는 조 선생을 위해 희주를 빨리 보내야겠다고 생각했다. 그때였다. 희주가 조 선생에게 다가갔다.

"선생님, 마침 다행이에요. 이렇게 마주쳐서요. 어머니한테 좋은 선생님을 소개해 주셔서 감사하다는 말을 꼭 하고 싶었어요."

희주는 초롱초롱한 눈으로 조 선생에게 인사했다. 조 선생은 좀 얼떨떨한 표정을 짓더니 이내 활짝 웃었다.

"별로 한 것도 없는걸요."

선오는 어느새 희주가 먼저 다가가는 사람으로 변한 것이 느껴졌다. 동범 씨가 조 선생의 뒤에서 빼꼼 고개를 내밀었다. 조 선생은 희주에게 동범 씨를 자신의 사촌 형이라고 소개했다. 희주는 동범 씨에게도 반갑게 인사를 했다.

선오는 선오 자신의 기억 도서관에 들어갈 수 있게 된 것이 기쁘게 느껴졌다. 오늘 이 장면을 오래도록 다시 되새겨 보고 싶었기 때문이다.

므네모스의 책장

"어머니 상태는 어떠세요?

므네모스 사무실에서 선오와 희주가 공식적으로 만나는 마지막 날이었다. 선오는 희주의 기억 속을 보기 전에 희주에게 조심스럽게 물었다.

"조 선생님이 소개해 주신 선생님에게 매주 검진을 받고 있어요."

희주는 소파에 반쯤 누워 손가락을 만지작거리고 있었다.

"예전과 비교하면 기억을 못 하는 일이 많이 줄었어요. 다행히 조기에 발견해서 어쩌면 더 심해지지 않을 수도 있을 것 같다고 했어요. 선오 씨 덕분이에요. 미리 알려줘서 고마워요."

선오는 쑥스러워 괜히 목 뒤가 간지러웠다.

"그때, 희주 씨가 몇 주 동안 므네모스 사무실을 방문 안 했었잖아요. 이대로 영영 안 오면 어떻게 해야 하나 싶었어요."

희주는 엄마가 아픈 것도 모르고 선오와 함께 웃고 떠들고 있던 자신이 괜히 미워져 몇 주 동안 므네모스 사무실을 방문하지 않았던 것이 기억났다. 미안한 기색이 희주의 얼굴에 떠오르자 선오가 괜히 화제를 돌렸다.

"그때 어머니께서 결혼반지를 잃어버리셨던 거 기억나죠? 왜 그렇게 찾으려고 하셨는지 알아요?"

"그야 당연히 결혼반지니까요. 아빠와의 소중한 기억이 있어서라고 생각했는데요?"

희주는 뜬금없는 질문에 놀란 눈으로 선오를 쳐다보았다.

"그것도 맞지만, 어머니는 희주 씨가 걱정할 것 같다는 생각이 더 많으셨어요."

"제 걱정이요?"

"희주 씨 어머니 기억 속 책들이 무척 얇았었는데, '희주가 결혼반지를 잃어버린 걸 알면 괜히 걱정하겠다.' 이런 생각이 그 얇은 책에 참 많이도 적혀 있더라고요. 치매인 사실을 숨긴 것도 희주 씨를 생각해서일 거고요."

"저는 오히려 화가 났는걸요. 선오 씨가 엄마가 치매인 것 같다고 말했을 때 얼마나 마음이 쿵 하던지. 왜 미리 말하지 않았냐고 엄마한테 엄청나게 따져 물었어요."

희주는 여전히 그때 생각을 하면 화가 나는 듯 주먹을 꽉 쥐어 보였다.

"희주 씨 입장에서는 무심해 보여도, 어머니께서 희주 씨를 많이 신경 쓰시고 있는 것 같다고 생각했어요. 굳이 말해서 묻지 않아도 항상 희주 씨가 먼저 말해주니까 무슨 일 있으면 말하겠지 하신 것도 같고요. 그냥 그때 들었던 생각을 미처 못 말했던 것 같아서 말하는 거예요. 희주 씨가 너무 울상이어서 제가 느낀 것을 말할 기회가 없었어요."

희주는 항상 바빴던 엄마를 떠올렸다. 그런데도 항상 먼저 전화를 걸어 주는 엄마였다. 무슨 일 있냐고 묻진 않더라도 먼저 반찬을 보내주는 엄마였다.

"난 항상 엄마가 나한테 무심하다고 생각했는데, 엄마만의 방식이 있었던 것도 같네요. 나는 항상 엄마가 더 표현해 주길 바랐는데, 표현해 주길 바란다는 것도 솔직하게 엄마한테 말한 적이 한 번도 없는 것 같아요."

희주는 괜히 마음이 뭉클해졌다.

"다음에 본가에 내려가면 엄마랑 더 이야기를 많이 나누어 봐야겠어요."

희주는 잠시 망설이는 듯하다가 결심이 선 듯 선오를 보며 말했다.

"나랑 같이 가줄래요? 엄마 보러?"

선오는 희주의 갑작스러운 제안에 놀랐다. 선오가 놀란 듯 쳐다보자 희주가 황급히 말을 덧붙였다.

"아니, 그때 엄마한테 남자 친구라고 소개했잖아요. 혼자 가면 놀라실 것 같아서……."

"아…… 내가 정말, 그래도 괜찮아요?"

"네?"

이번엔 희주가 놀라서 물었다. 선오는 당황해서 자신이 방금 무슨 말을 했는지도 모르는 것 같았다. 희주는 선오의 빨개진 얼굴을 보고 웃으며 말했다.

"네, 정말 같이 가도 괜찮아요. 전 좋아요."

선오는 그런 희주를 똑바로 바라보지 못한 채 "흠흠." 하며 진료를 시작하는 자세를 취했다.

"일단, 오늘 작업부터 마무리해요. 그러고 나서 마저 이야기하는 것이 좋겠어요."

희주는 긍정의 의미로 미소를 지으며 소파에 기대어 눈을 감았다.

✦⋆

선오는 커다란 도서관을 걸어가고 있었다. 그녀의 도서관은 유난히 커 보였다. 꼼꼼한 그녀의 성격을 반영하듯 커다란 도서관 책장에는 책들이 가지런히 꽂혀 있었다.

뚜벅뚜벅.

선오의 발소리가 크게 메아리처럼 울렸다. 선오는 그녀의 기억 속에 만들어진 공간을 천천히 걸어갔다. 특이할 것이 없는 평범한 도서관이었다. 어떤 날은 속상했는지 표지가 무채색이었고 어떤 날은 기쁜 일이 많았는지 책 표지가 무척 밝고 예뻤다. 어떤 날은 아무것도 안 했는지 책이 무척 얇았고, 어떤 날은 많은 사람들과 대화를 나누었는지 책이 두 권으로 분리되어 있었다. 선오는 계속 어린 시절의 책장들을 향해 나아갔다. 도서관은 깨끗해져 있었고 정리도 잘되어 있었다. 선오가 열심히 정리한 덕분이었다.

여기저기를 돌아다니던 선오는 걸음을 멈추었다. '무엇'이 앉아 있던 자리였다. 선오는 그곳에서 희주의 도서관을 응시했다. 도서관 전체가 잘 보이는 명당이었다. 이렇게 보니 너무 아름다운 도서관이었다.

책장에는 책들이 가득했고 간간이 선오의 곁을 지나가는 몽그리들 역시 맑고 투명했다. 도서관은 어느새 환해져 있었다. 그곳에 있을 리 없는 햇살이 느껴지는 듯했다. 선오는 기분 좋은 미소를 지으며 그녀의 책장을 어루만졌다.

'이곳에 기록될 모든 기억이 너에게 아름답기를⋯⋯.'

《기억술사: 므네모스의 책장》끝

기억숲사 므네모스의 책장

2022년 2월 22일 초판 1쇄 발행

지은이 임다미
펴낸이 최세현   **경영고문** 박시형

책임편집 김명래   **디자인** 정아연   **교정교열** 이민영
마케팅 이주형, 양근모, 권금숙, 양봉호, 신하은, 유미정, 정문희
디지털콘텐츠 김명래   **해외기획** 우정민, 배혜림
경영지원 홍성택, 이진영, 임지윤, 김현우
펴낸곳 팩토리나인   **출판신고** 2006년 9월 25일 제406-2006-000210호
주소 서울시 마포구 월드컵북로 396 누리꿈스퀘어 비즈니스타워 18층
전화 02-6712-9800   **팩스** 02-6712-9810   **이메일** info@smpk.kr

쌤앤파커스(Sam&Parkers)는 독자 여러분의 책에 관한 아이디어와 원고 투고를 설레는 마음으로 기다리
고 있습니다. 책으로 엮기를 원하는 아이디어가 있으신 분은 이메일 book@smpk.kr로 간단한 개요와 취
지, 연락처 등을 보내주세요. 머뭇거리지 말고 문을 두드리세요. 길이 열립니다.